LES AVENTURES de DONOVAN S.

le boucher qui était à deux doigts de conquérir le monde

NiL

Virginie Nuyen

LES AVENTURES de DONOVAN S.

le boucher qui était à deux doigts de conquérir le monde

ROMAN

L'auteure cite à plusieurs reprises *Les Quatre Accords toltèques*, de Miguel Ruiz, paru aux Éditions Jouvence le 11 août 2017.

ISBN : 978-2-84111-975-2
Dépôt légal : février 2019

À Lo, Max et Ella

«Je riais intérieurement. Déjà l'humour était pour moi ce qu'il devait demeurer toute ma vie : une aide nécessaire, la plus sûre de toutes.»

Romain Gary, *La Promesse de l'aube*

Chapitre 1

Ça fait longtemps qu'on n'a pas mangé de la bonne viande. Je lis dans un journal que ce boucher est excellent. Cher mais excellent. Particulier, c'est écrit. Allons-y pour de la viande particulière. C'est un boucher avec lequel il faut prendre rendez-vous, car il y a trop de monde, et ce monsieur, un grand artiste, ne peut s'occuper que d'un client à la fois. Il faut attendre deux mois minimum pour une découpe de filet de bœuf par le Maître, et au moins trois semaines pour une côte de veau préparée par un assistant. Qu'à cela ne tienne, j'appelle immédiatement.

Trois mois plus tard, j'ai rendez-vous avec Donovan S. en personne. La vitrine n'est pas bavarde : du verre fumé gris beige mystérieux bordé de lourds rideaux bordeaux, le nom écrit discrètement en lettres éteintes – Maison S. –, et une porte imposante qui s'ouvre toute seule lorsque je m'approche. Très intimidée, j'entre. Je n'ai pas l'habitude de prendre rendez-vous avec quelqu'un de célèbre, quelqu'un qui est dans les journaux, quelqu'un que l'on décrit comme un magicien doué d'un talent hors du commun, limite paranormal.

J'ai lu qu'à partir du moment où l'on mange une viande découpée par Monsieur S., on ne peut plus rien manger d'autre. Il paraît que les maris qui s'en vont reviennent, les belles-mères se confondent en compliments, les amis ne veulent plus aller ailleurs, bref, ça dépote la vie à tout jamais la viande de Monsieur Donovan.

Je suis soufflée par le luxe et l'atmosphère qui se dégagent de l'endroit ; quelques étagères noires et mates accueillent les meilleurs morceaux qui permettront à Monsieur S. de vous tailler le rôti de vos rêves. Chaque pièce de viande est accompagnée d'un petit carton où est calligraphié en lettres d'or le prénom de la bête. Quelques notes de samba flottent dans l'air comme pour vous donner de la joie, pour pas qu'on ait trop peur j'imagine.

Un assistant surgit de nulle part, grand mince, habillé d'un costume noir coupé nickel, il me sourit gentiment : soyez la bienvenue, Madame, je m'appelle Antoine, je vous laisse vous asseoir et consulter la carte de nos bœufs de race, puisque vous avez pris rendez-vous pour un filet. Monsieur S. sera à vous dans quelques instants.

Je me laisse tomber dans un grand canapé taupe qui fait face à la vitrine, et je remarque que je tremble légèrement. Antoine me propose un thé ou un café et me tend une carte comme au restaurant.

Les mêmes lettres calligraphiées que celles de la vitrine dansent devant mes yeux : Anastasia, trois ans, élevée par Monsieur S. en personne en son domaine de l'Aubrac, suivies d'une photo de ladite Anastasia, sublime blonde d'environ mille cinq cents kilos. La suivent Juanita, Allegra, Milena et quelques autres de toutes les couleurs, toutes aussi grosses et sublimes, mises en beauté par une lumière de professionnel sur fond blanc bord cadre. En tout petit le prix, ah ouais quand même.

Donovan S. arrive enfin. Grand, élancé, Monsieur S. est aussi très baraqué. Les cheveux noirs et longs retenus en queue de cheval, la peau mate. Il porte ce jour-là une étonnante redingote ajustée ; une dégaine remarquable, un mix entre Prince et un officier du Premier Empire. Le rein est droit, la poitrine conquérante et l'œil vif. Le tissu brodé légèrement brillant, que l'on devine sans peine sorti des ateliers d'un grand faiseur, semble empli de l'importante mission de contenir avec majesté toute la rareté du monde. Je remarque que quand Donovan bouge, l'air se rafraîchit, sûrement sous l'effet des petites bouffées de talent qui s'échappent de sa personne. Sous la redingote une chemise blanche et un magnifique pantalon en drap de laine couleur cuivre qu'on n'attendait pas forcément mais dont l'audace force immédiatement le respect. C'est peu de dire que le tout respire l'exception.

J'apprendrai par la suite que Monsieur S. possède toute une collection de redingotes toutes plus démentes les unes que les autres et que la plupart du temps, même si pas aujourd'hui, il les porte avec de hautes cuissardes en cuir généralement noires, mais qu'on n'est jamais totalement à l'abri du modèle fauve qui annonce au choix soit les beaux jours soit une humeur particulièrement enjouée. Tout ça je ne le sais pas encore, bien entendu. Et puis il a mis d'élégantes discrètes petites boots qui n'annoncent en rien de quoi il est capable alors impossible de se douter.

Bonjour Madame, une voix grave et distinguée, avez-vous fait votre choix ou avez-vous des questions ? Des questions j'en ai pas, moi je veux Anastasia. Monsieur S. sourit d'un air complice et enchanté, comme je vous comprends, elle est extraordinaire.

S'ensuit un incroyable ballet : Antoine surgit du fond de la boutique avec sur un bras un tablier de cuir fin de la même couleur que les vitrines fumées, tout en portant religieusement une grande trousse de cuir assortie. Il pose rapidement la trousse sur un long plan de travail en marbre qui longe la vitrine et dénoue le cordon de soie qui la ferme pour en dérouler son contenu d'un geste précis. Surgissent trois couteaux japonais de tailles différentes, glissés dans des fourreaux de cuir sur mesure, et qui étincellent jusque dans l'œil de Donovan quand Antoine les étale respectueusement devant lui.

Antoine enchaîne, drape adroitement le tablier autour des hanches du Maître, attrape d'une main experte un bout d'Anastasia sur l'étagère et, se penchant révérencieusement, dépose l'affaire comme une offrande devant le dieu de la viande avant de faire un pas en arrière. Monsieur S. s'avance royal, attrape le plus gros couteau en respirant profondément, les yeux mi-clos.

C'est parti. Je regarde pendant près de quarante minutes les mains qui caressent et tranchent, les mouvements de la viande qui semble se trémousser sous les ordres tranquilles et assurés que le couteau de Donovan donne avec une grande distinction.

D'abord Donovan S. enlève le gras parfaitement blanc qui cache la viande sans même la toucher : le couteau vient doucement se poser sur le bord et sans effort longe le morceau entier, découvrant dans un silence absolu le muscle rougeoyant. Il s'arrête, regarde alternativement sa viande ses couteaux son Antoine sa cliente. Il attrape ensuite les longues bandes laiteuses de la membrane qui recouvrent encore la chair avec la pointe d'un autre couteau, et d'un geste précis, le plat de la lame les sépare à tout jamais du précieux filet. L'aponévrose, puisque c'est ainsi que ça s'appelle, s'enroule autour de l'acier et Monsieur S. la jette en l'air d'un impérieux mouvement tellement autoritaire qu'on ne sait si c'est de la satisfaction ou de l'agacement. On a l'impression qu'il la lance n'importe où mais non pas du tout, elle atterrit sagement dans un petit container noir prévu à cet effet. Donovan S. termine en coupant les bords, il aime que la viande ait une forme pure, un beau rectangle dans le cas présent.

Quand Monsieur S. pare sa viande, le bruit de la lame contre la chair est presque soyeux. Et surtout tellement net… un début une fin, *ziiiip*. Arrivé au « p » on sursaute. J'ai lu qu'il avait suivi les cours d'un célèbre chirurgien brésilien pour maîtriser parfaitement le sens de la chair et c'est ce bruit unique que je viens d'entendre : celui que lui seul arrive à produire en coupant la viande, le bruit de la fibre qui lâche dans le bon sens, qui file doucement du plus grave à l'aigu sous la caresse implacable du métal. Monsieur S. a fini, il effleure doucement la viande qui cesse instantanément de frémir, on dirait qu'elle se range, on dirait qu'elle s'incline.

Pendant tout ce temps Antoine regarde aussi, immobile derrière lui, observant le savoir-faire de son patron comme si sa vie en dépendait. On échange un peu, mais pas trop non plus, Monsieur S. travaille et a besoin de concentration. Suffisamment quand même pour se trouver des points communs ; les choses raffinées d'abord et les voyages ensuite.

Monsieur S. est formel, rien ne vaut la peine si on ne passe pas Noël à Acapulco. Nous tombons d'accord là-dessus, et notre Anastasia termine joliment sa course dans un papier de soie qu'il met longtemps à choisir car il faut trouver la couleur qui lui convient le mieux.

Comme c'est du bœuf, Antoine a sorti une tringle en bois précieux d'où pendent de courts rideaux de papier rouge du plus clair au plus foncé. Donovan replie les feuilles délicates complètement raccord avec le teint de la bête, puis dépose le tout dans un étui en épais carton glacé aux couleurs de la maison.

Il se lave immédiatement les mains dans un galet noir qui se trouve être un lavabo quasi invisible dans un coin de la pièce. Antoine lui apporte une petite serviette de lin, et s'incline, limite en extase, puis range l'étui d'Anastasia dans un sac isotherme tellement chic qu'on croirait du Goyard. Impeccable. Il me tend ensuite discrètement un petit plateau doré où figure l'addition et je règle sans broncher.

Monsieur S. est aux anges, vous aurez demain un appel de mon bureau pour évaluer avec vous le succès de notre amie, n'hésitez pas surtout, si jamais vous avez un doute ce soir au moment de l'enfourner… et puis appelez-moi Donovan. Rose de plaisir, d'accord Donovan, je n'hésite pas si j'hésite.

Chapitre 2

Anastasia au bout de mon bras, je sors drôlement impressionnée. Ce soir notre bande d'amis vient dîner et même si on se voit presque tous les week-ends, on ne se lasse jamais de se retrouver autour d'un plat succulent. Normalement ce soir je vais tout déchirer.

Le dîner est un vrai succès, la viande a un goût particulier qui amène la joie, c'est tellement bon, tellement subtil, tellement fin, que les conversations se font elles aussi joyeuses et brillantes. On n'a pas passé une aussi bonne soirée depuis longtemps.

Notre copain Stephen, d'habitude plutôt discret, décrète juste après sa première bouchée d'Anastasia qu'il a un truc à nous confier au sujet de Léonard de Vinci et de François Ier, un truc qui le tracasse depuis longtemps et voilà, il faut absolument qu'il nous le dise ce soir : Léonard de Vinci était l'amant de François Ier, ils se rejoignaient par un passage secret sous le château de Chambord ou bien celui d'Amboise il ne sait plus mais ça fait trop longtemps que ce secret lui pèse, il se sent mieux d'en avoir parlé.

C'est une réaction en deux temps qui s'opère : tout le monde s'arrête instantanément de manger, les mâchoires lâchent sous l'effet de la surprise. D'abord on n'était pas au courant. Et si nous on n'est pas au courant, alors il y a quand même de fortes chances que ce soit faux : une quinzaine d'adultes éduqués CSP+ qui vivent au centre de Paris et aucun d'entre eux ne sait que Léonard de Vinci couchait avec François Ier à part Stephen, webmaster de profession !

Tout à coup c'est l'info du siècle ; on en oublie les bonnes manières et chacun se jette sur son smartphone pour taper furieusement les noms de ces grands personnages. Comme on tient nos couverts on n'a pas les mains très libres donc vite, on demande à Siri… C'est là que ça se gâte… On a un peu la bouche pleine, Siri panique, il ne sait pas le pauvre… François Ier et Léonard de Vinci… il ne voit pas Siri par quel escalier ils se rejoignaient.

Il nous dit que Léonard Ier il ne sait pas qui c'est. Il demande comment il peut nous aider mais on voit bien qu'il ne va pas pouvoir. On est trop nombreux trop surpris trop bruyants pour Siri. Trop spirituels aussi ; chaque bouchée de viande déclenche une salve de bons mots mais n'empêche qu'à trois heures du matin on en est toujours là, devenus spécialistes du XVIe siècle en une seule soirée, on a même sorti le Lagarde et Michard. Comme aucune trace de cette belle histoire d'amour sur Google on voudrait bien continuer nos recherches à la Bibliothèque nationale c'est quand même dommage qu'elle soit fermée à cette heure-ci.

Je ne me vois plus vivre sans la viande de Donovan S., tout comme mes convives. C'est pas compliqué, on a jamais, mais jamais, mangé une viande comme ça : fondante et puissante, savoureuse jusqu'à l'extase, irrésistible, addictive, inoubliable.

Le lendemain matin ma copine Mia m'appelle : est-ce que je pourrais l'aider à avoir rapidement un rendez-vous avec Donovan S. ? Elle n'en a pas dormi cette nuit, cette viande, non mais c'est dingue.

Je reçois aussi un appel de la Maison S. comme convenu. Une jeune femme extrêmement polie s'enquiert de l'accueil réservé à Anastasia et me demande si j'ai quelques instants pour qualifier l'expérience. Je fais part de mon enthousiasme et j'en profite pour reprendre rendez-vous. Le verdict est implacable, en soupirant légèrement, la jeune femme qui précise qu'elle s'appelle Karine annonce le délai réglementaire : avec Monsieur S., c'est trois mois en ce moment, et avec les fêtes ça ne va pas s'arranger. Elle a quelques places le mois prochain mais uniquement avec Antoine ou Emmanuel. Je supplie, il y a bien une liste d'attente ? Karine retrouve le sourire, oui, une liste d'attente, bien sûr, si vous êtes flexible sur les horaires. À cet instant on ne fait pas plus flexible que moi. Karine s'y engage, je suis en haut de la liste, le premier désistement c'est pour moi.

Deux semaines plus tard elle m'appelle triomphante, Monsieur S. peut vous recevoir dans deux heures, il a de la place pour un carré d'agneau, est-ce que cela vous convient ? J'accepte immédiatement. Transportée, Karine ne peut pas s'empêcher de me confier avec gravité l'origine de cette rarissime opportunité : Monsieur P., grand client de Monsieur S., a eu un problème de jet, il est coincé à Genève.

Antoine m'accueille comme la première fois mais Donovan est déjà derrière son marbre blanc, il fait les cent pas et a l'air très contrarié, sûrement le jet de Monsieur P. Lorsqu'il m'aperçoit cependant, il se calme vite fait et m'accueille comme une amie, vous voilà, quel bonheur !

Il est charmant d'un coup mais les soucis ne sont pas loin et je perçois son agacement lorsqu'il s'adresse à Antoine, les couteaux où sont-ils ? Et vous n'avez pas donné la carte à Madame. Néanmoins lorsqu'il attaque le petit Philibert (je l'ai choisi comme Anastasia, au coup de cœur), il retrouve maîtrise et prestige.

Cette fois-ci nous parlons vraiment. De la difficulté d'accomplir un travail artisanal de qualité dans ce monde qui va toujours au plus rentable, des assistants bouchers qui sont si difficiles à former, de ses clients de plus en plus exigeants. Nous sommes d'accord sur tout.

Soudain, Donovan pose son couteau et me demande tout à trac : avez-vous du temps en ce moment ? Du temps c'est-à-dire ? Eh bien du temps, pour éventuellement travailler à mes côtés, si bien sûr vous en avez envie, car voyez-vous, j'ai le sentiment que nos âmes se connaissent et j'ai besoin de quelqu'un pour m'aider.

Chapitre 3

Cette proposition me fait l'effet d'une bombe, collaborer avec un boucher, moi la diplômée d'une grande école. C'est à la fois saugrenu et pile dans le mille. Donovan tombe bien quelque part, j'ai arrêté de travailler il y a quelques années pour élever mes enfants, ma fille va rentrer à l'école, je pense depuis peu à reprendre une activité. Mon secteur c'est la communication mais en ce moment c'est surtout le shopping. Je me sens capable d'autre chose mais la boucherie me laisse perplexe.

Toutefois bien qu'impressionnée je me sens proche de Monsieur S., il me semble que nous avons tout un tas de points communs. Au peu que nous nous sommes dit, je comprends que Donovan et moi partageons une enfance qui nous pousse à la revanche : on n'était pas sûrs d'être nés au bon endroit, on a trouvé ça long, très long.

Pour comprendre ça il nous a fallu trois mots échangés : Noël à Acapulco. C'était un peu comme une formule magique, on a eu la même lueur dans le regard, on est entrés en amitié sur ces trois mots-là. D'un caractère plutôt affirmé dès le départ, j'ai décidé à l'âge de trois ans environ que je savais tout mieux que tout le monde et surtout que j'étais prête pour vivre seule, si possible à Acapulco, après avoir vu la baie miroiter dans un cadre en sapin au mur de la salle d'attente de mon pédiatre, que j'avais immédiatement informé de ma décision.

Peut-être précoce mais surtout très chiante, ça n'a pas été facile pour mes parents de me tenir encore quinze ans avant que la loi ne les autorise à lâcher l'affaire. Surtout qu'eux, Acapulco, ça ne les faisait pas du tout rêver. Heureusement ma Mamie Zaza elle comprenait très bien, et elle trouvait qu'Acapulco c'était une bonne idée forcément puisque c'était la mienne. Je sens que Donovan S. a dû attendre longtemps lui aussi pour aller à Acapulco, qu'il a dû en voir partir des gens qui se rendaient là-bas tout en rongeant son frein. Fils de notaire de province, il se murmure que Monsieur S. père, à la tête de la célèbre étude bordelaise S., M. et Associés, est entré dans une colère homérique quand son fils Donovan a déclaré à l'âge de cinq ans vouloir embrasser la carrière de boucher. Boucher ! Son fils ! Ah non non non, chez les S. on honore sa famille on respecte son père et on devient notaire un point une barre. Décider comme ça de son plein gré de devenir commerçant alors qu'on appartient à la famille S., c'était trop.

Même s'il avait toujours vu Donovan découper des images de bétail, lire assidûment les aventures du *Cheval bleu*[1] et de *La Vache orange*[2], dormir sous un poster de limousine accompagnée de son veau, il pensait que ça allait passer, qu'entre la condition de notaire et celle de boucher son fils allait tout naturellement réaliser sa chance. Cela n'arriva jamais.

Donovan se délectait de toute proximité avec l'univers agricole et on se souvient qu'à l'âge de douze ans, en vacances à la campagne chez sa grand-mère maternelle, on le voyait arpenter les champs en chantonnant suivi par absolument toutes les bêtes qu'il avait pu croiser, veaux vaches poules cochons chats chiens moutons coccinelles, un monde de dingue, qu'il devait ensuite patiemment raccompagner, qui dans son étable qui dans son poulailler, un sacré boulot pour un garçon de cet âge.

Malgré le don déjà évident, Monsieur S. père ne consentit jamais à admirer Donovan. Surtout tant

1. et 2. Les Classiques du Père Castor. *(Toutes les notes sont de l'auteure.)*

qu'il le put, même si cela n'avait apparemment rien à voir, il lui interdit de se rendre à Acapulco, sentant là que ça pourrait bien être le début de la fin de ses maigres espérances ; si Donovan devait revenir à lui, ce n'était certainement pas à Acapulco !

J'ai donc tout de suite senti un certain décalage entre l'homme et la fonction, il est à la fois gai et démuni, et surtout, il m'a regardée comme s'il avait vraiment besoin de moi, et ça c'est quasi mon point G. Nous décidons de nous donner rendez-vous quelques jours plus tard pour réfléchir à cette perspective. À partir de ce moment et pour de nombreuses années je vais quasiment entrer en religion et me mettre de mon plein gré au service de Donovan S., nuit et jour avec une constance et un dévouement aussi particuliers que sa viande.

Donovan attire les bonnes volontés à lui au fur et à mesure de ses besoins, sans rien faire de spécial, en étant juste excellent dans son domaine, mais excellent comme si c'était seulement pour toi. Il sent immédiatement le talent et la capacité d'investissement des gens qu'il rencontre. Il est joyeux et solaire la plupart du temps, on veut lui faire plaisir, et puis aussi on veut manger sa viande.

C'est mystérieux cette viande, est-ce la joie de vivre de Donovan qui, encadrée par un protocole totalement chiadé, la rend si savoureuse ?

Totalement à contre-courant, Donovan retourne les uns après les autres actrices, businessmen, mannequins et artistes qui se croyaient végétariens.

Célèbre depuis une dizaine d'années, Donovan se trouve à un tournant de sa carrière où il faut passer la vitesse supérieure : ouvrir d'autres boucheries donc recruter des bouchers de plus en plus nombreux, les former et les diriger. Veiller à l'élevage des bêtes de race et se rendre souvent au Domaine, voyager beaucoup quand les clients étrangers le réclament…

Tout ça c'est compliqué pour lui qui n'a que deux mains le pauvre. Alors que pour moi c'est de la balle : organiser manager recruter développer, c'est l'occasion de ma vie, c'est ce que j'adore faire et tout à coup je sens que c'est ce que je vais faire le mieux.

Donovan dit quand il ne sait pas, quand il a besoin de toi, et quand ce que tu as fait est merveilleux, il le dit aussi. Que ce soit bien clair dès le départ, il n'y a jamais eu d'équivoque ou de malentendu dans ma relation avec Donovan S. ; c'était une histoire de fraternité, d'engagement à la vie à la mort parce qu'à ce moment-là c'était ce qu'il me fallait et ce qu'il lui fallait.

Chapitre 4

La première chose que je fais, c'est boire un café avec Karine. Karine est une merveille de dévouement et d'efficacité.

Donovan c'est sa vie, depuis bientôt cinq ans. Elle gère son planning du jour et aussi celui de la nuit, ses déplacements, ses clients (*very demanding* les clients), les bouchers du Domaine, les bouchers de la boutique (*very* casse-couilles les bouchers) et elle fait la compta s'il te plaît !

Elle est un petit peu fatiguée Karine en ce moment. Elle est contente que je sois là. Nous travaillons au-dessus de la boutique, deux petites pièces attenantes à l'appartement de Donovan, qui lui est beaucoup plus grand. Il s'agit donc de faire tourner à fond le petit business de Monsieur S., vingt-quatre heures sur vingt-quatre et sept jours sur sept. Donovan n'a pas vraiment de frontières entre sa vie professionnelle et privée, il est tout le temps Donovan l'artisan de la viande, le boucher des stars.

Je regarde les comptes de la société : ça tourne pas mal mais Donovan vient d'investir énormément dans son domaine de l'Aubrac et il faut augmenter vite fait le chiffre d'affaires pour faire face aux mensualités de l'emprunt. Donc ouvrir des boutiques. Chez Monsieur S. on ne dit pas boucherie mais boutique.

De toute façon des boutiques Monsieur S. veut en ouvrir partout, c'est pour ça qu'il m'a demandé de travailler avec lui : dans le monde entier, dans les endroits où vivent ses clients comme Abu Dhabi, Moscou ou Gstaad par exemple. Et pour ouvrir des boutiques, il faut des clients bien sûr mais aussi beaucoup d'Anastasia et de Philibert, et beaucoup de bouchers. Pas n'importe quels bouchers.

Pour travailler avec Monsieur S., il faut remplir un certain nombre de critères : être bien sûr un excellent boucher, de façon à ce que Donovan puisse enseigner en terres conquises son art de la viande, mais aussi posséder une syntaxe correcte, être bilingue, bien élevé et élégant.

C'est très compliqué à trouver des bouchers comme ça. Et puis quand au détour d'un chemin on en trouve un, il faut bien faire attention à ce qu'il ne se prenne pas pour Donovan S. lui-même au bout de quelque temps. Car il ne sera jamais Donovan S. bien sûr.

Antoine est le plus ancien des assistants bouchers de Donovan. Rempli d'une déférence absolue, il sait ce qu'il doit à Monsieur S. À ses côtés il a appris à fesser les volailles avant de les découper, à parler doucement aux souris d'agneau, et à taquiner adroitement la bavette.

À cela s'ajoute un cadre de travail extraordinaire, une clientèle haut de gamme qui donne des gros pourboires, et bien évidemment le prestige de travailler avec Donovan. On peut compter sur Antoine. Il vient travailler tous les jours, s'habille correctement et fait bien son travail. Il ressemble même un peu à Donovan, même style, même coiffure. Ce n'est pas le cas de tous les assistants de Monsieur S.

Karine me raconte un jour en soupirant le petit Igor qui sentait tellement l'alcool qu'il en faisait tourner la viande, Gilles le maniaco-dépressif qui avait menacé de se suicider devant une cliente avec le couteau de Monsieur Donovan, Franck qui parlait tant avec les clients que le Maître était toujours en retard, ou bien encore James dont le RER ne passait absolument jamais le lundi matin. Beaucoup de soucis donc.

C'est sans doute pour ça que Donovan fume un petit peu des joints de temps en temps, on sent avec Karine.

Très concrètement, il est temps de recruter quatre nouveaux bouchers, ouvrir deux boutiques, et faire tourner le Domaine. Le Domaine justement… avec Karine nous tentons de libérer trois jours dans le planning de Donovan pour que nous puissions nous y rendre.

Je n'arrive pas bien à me rendre compte malgré les photos, malgré les chiffres. Cela veut dire déplacer ou annuler vingt-quatre clients (Donovan ne peut s'occuper que de six clients par jour) qui ont pris leur rendez-vous il y a trois mois.

Le principe est simple, Karine prend une petite voix désolée et annonce une urgence : ce matin au célèbre Domaine de Monsieur S., une vache est tombée du ciel en plein milieu du passage en revue de neuf heures. Monsieur S. doit se rendre immédiatement sur place pour voir de quoi il retourne. Bien sûr Antoine et Emmanuel sont là pour s'occuper de vous.

Parfois ça se passe bien, parfois moins bien, les clients sont des gens importants et assez peu concernés par les vaches qui tombent du ciel. Et au-delà des clients, lorsque Donovan annule une journée de travail, le chiffre d'affaires s'annule aussi. On ne va pas trop s'amuser à ça, explique-je à Karine. Car la viande découpée par Donovan est plus chère que celle découpée par les assistants. Lui seul donne ce goût d'allégresse qui change la vie.

Il faut également annuler les séances de sport que Donovan a chaque matin : Donovan ne peut pas travailler s'il n'a pas pratiqué une heure de sport le matin pour remettre en place ses énergies et ouvrir ses chakras. C'est bien normal avec l'énergie que lui demandent les bêtes les bouchers les clients. Bref, chaque modification de l'emploi du temps de Donovan demande énormément de travail et de subtilité, arrosés d'une bonne dose de courage car rien n'est plus difficile à calmer qu'un client en manque de la viande de Monsieur S.

Si c'est une actrice à qui l'on vient d'annoncer la mauvaise nouvelle, on peut être sûr de recevoir une vingtaine d'appels de son agent ou de son assistant au bout du rouleau, essayant tantôt la supplication tantôt la menace jusqu'aux injures, le tout suivi d'un bouquet de fleurs livré dans les deux heures au bureau, car le pire de tout ce serait d'avoir fâché Karine et de ne plus jamais avoir de rendez-vous.

Chapitre 5

Nous voilà en route pour le Domaine de Donovan, entre les monts d'Aubrac et la vallée de l'Argence, splendide joyau de l'élevage traditionnel construit pour exprimer l'amour que Monsieur S. porte à ses animaux. Très tôt le matin, au bout d'un chemin et après avoir traversé des champs où paissent tranquillement des bêtes heureuses, nous tombons sur un long corps de ferme en pierre grise, entièrement rénové.

Donovan bondit de la voiture et se précipite à la rencontre d'une toute petite femme replète habillée d'une salopette dont les coutures explosent, coiffée d'un petit chignon à la Ma Dalton, c'est Athénaïs, la patronne du Domaine. Une femme adorable, du moins c'est l'impression qu'elle donne, d'un grand savoir-faire en matière d'élevage auquel les poils au menton qu'elle semble assumer fièrement n'enlèvent absolument rien. Athénaïs et son prénom vont ensemble comme une poule et un couteau mais on s'habitue et puis Donovan l'appelle Athé et elle elle l'appelle Don.

Comme Karine, Athé travaille avec Donovan depuis plusieurs années, elle voue sa vie à l'élevage de ses bêtes et quitte rarement le Domaine qu'elle dirige comme un commandant de navire, toujours sur le pont. En même temps, une vingtaine de têtes de bétail, une dizaine de moutons et d'agneaux, une cinquantaine de volailles, deux ouvriers de ferme et trois bouchers le tout réparti sur vingt-cinq hectares, c'est du boulot.

Les présentations effectuées, Donovan se précipite vers le champ le plus proche, et là, c'est le délire. Les bêtes arrêtent instantanément de brouter à l'appel de leur prénom et entament un petit galop plein de joie jusqu'à leur Maître. Celui-ci les connaît toutes, pas une n'échappe à son attention et il les vouvoie comme Monsieur Seguin vouvoyait ses chèvres. Athénaïs les emmène une par une dans l'étable dernier cri qui longe la maison où Donovan, impérial, les masse longuement en leur parlant à l'oreille et en chantant des petites chansons.

Je comprends mieux la viande, je comprends mieux les investissements. À la fin de la journée, Donovan épuisé me confie que c'est bien beau tout ça mais comme j'ai pu le constater ça coûte un bras chaque mois et qu'il déteste s'inquiéter des finances de sa société. Puis il me propose de devenir son associée car tout le travail qu'il y a à faire doit être vraiment récompensé. Voilà comment il est Donovan, généreux.

Devenir son associée me ravit, je me sens importante et c'est vrai qu'il y a énormément de travail. Il est au tournant de sa carrière et donc d'un coup nous sommes au tournant de sa carrière.

Ce soir-là, après avoir bien entamé la bouteille de Chasse-Spleen 96 servie par Athénaïs et roulé un petit joint, Donovan a l'idée du siècle : nous allons partir faire le tour du monde pour enchanter dans toutes les villes à fort pouvoir d'achat les futurs aficionados de la Maison S. Car comment faire sans faire goûter ? Une fois cela fait, il ne restera plus qu'à ouvrir une boutique dans chaque endroit que nous aurons visité. Donovan exulte, mais bien sûr, absolument, un tour du monde ! Et pour financer l'opération nous allons trouver des partenaires, Athénaïs opine, je me ressers du Chasse-Spleen.

Les idées de Donovan en matière de développement sont toujours extraordinaires et puis il est tellement convaincant, il se voit transporté en jet privé avec ses meilleurs morceaux de viande, accueilli en rédempteur de la malbouffe sous un déluge d'honneurs variés aux quatre coins de la planète. Car il sait qu'aussitôt qu'un journaliste goûtera sa viande, les articles pleuvront et les clients arriveront. Tiens pas plus tard que le mois dernier le *New York Times* lui a consacré un article. De passage à Paris la célèbre chroniqueuse Emma Williams avait goûté la viande de Donovan dans un dîner parisien et boum elle n'osait le dire, mais ses symptômes de péri-ménopause avaient immédiatement disparu.

Karine avait reçu des dizaines d'appels d'Américains expatriés mais aussi d'Américains tout court qui voulaient organiser leur déplacement à Paris en fonction de leur rendez-vous avec Donovan S. Le monde entier n'attend que lui, c'est même dingue qu'on ne soit pas déjà installés partout.

Malgré le confort de la chambre que l'on m'a attribuée on ne peut pas dire que mon sommeil soit paisible ce soir-là, mais je ne m'inquiète pas, je me dis qu'il faut tout d'abord trouver des partenaires ayant intérêt à financer l'opération et que ça devrait nous ramener à une certaine réalité assez rapidement.

Le lendemain matin Donovan est à fond, il n'a pas du tout oublié son idée de génie de la veille et c'est en échangeant gaiement sur les villes à visiter que nous nous rendons dans la basse-cour derrière le corps de ferme pour retrouver les volailles. C'est la plus jolie basse-cour que j'aie jamais vue, des petits bosquets donnent de l'ombre aux animaux, quelques fontaines distribuent de l'eau claire et fraîche et poules, poulets, coqs et canards caquètent, cancanent ou bien picorent et se promènent tranquillement. L'arrivée de Donovan crée l'émeute.

De toutes leurs petites pattes les volailles se précipitent vers lui en tentant de s'envoler pour se jucher sur son épaule. Elles arrêtent de caqueter pour glousser doucement en gonflant leurs plumes de bonheur. Donovan leur gratte le cou en sifflotant un air de *Carmen* tout en les regardant dans les yeux. Athénaïs contemple la scène fièrement, ce sont ses poules, on sent que c'est son Donovan aussi.

Il est temps de visiter l'abattoir intégré au Domaine, point d'orgue de la conception de la viande de Donovan. C'est le seul lieu d'élevage qui possède un abattoir mais Donovan ne l'appelle pas comme ça, on dit le sublimateur. Le passage de l'état de vache à l'état de steak s'appelle une sublimation, comment pourrait-il en être autrement ? Lorsque le temps est venu de rejoindre les étagères de la boutique, lorsque Anastasia est assez grasse (il y a toujours une Anastasia dans le Domaine car la fille d'Anastasia s'appellera Anastasia et ainsi de suite, le prénom est aussi une sublimation de la bête, une incarnation de ce qu'elle inspire à Donovan), alors commence le rituel inouï.

Pendant les vingt-quatre heures qui précèdent la sublimation, Athénaïs ne quitte plus la bête : elle la masse continuellement, chante les mêmes chansons que Donovan, lui tresse les herbes les plus tendres pour qu'elle puisse se régaler du meilleur et dort avec à l'étable. Elle l'amène également en grande pompe au sublimateur où l'attendent Georges et Gilbert, les garçons bouchers du Domaine. Une grande pièce claire et accueillànte, au fond de laquelle on distingue à peine le matériel à équarrir.

Anastasia est guidée vers une large stalle où l'attend son herbe favorite. Elle est ensuite endormie promptement par une seringue si douce qu'elle ne semble pas la sentir quand Georges l'introduit dans son encolure pendant que Gilbert lui chante une chanson de Beyoncé tout en lui caressant doucement le sommet du crâne, Donovan ayant remarqué une nette différence sur la tendreté de la viande, surtout quand c'est *Single Ladies*.

Elle finit par tomber doucement sur elle-même avec un soupir presque satisfait. Georges appuie sur un gros bouton rouge et le sol de la stalle se soulève pour emmener Anastasia sur des rails habilement camouflés jusqu'au fond de la pièce, derrière le somptueux rideau de la même couleur que celui de la boutique, où l'attend on le pressent un destin moins poétique. Beyoncé retentit cette fois-ci dans toute la pièce au travers d'enceintes puissantes et invisibles et ne se taira que lorsque Georges et Gilbert auront terminé de sublimer.

Chapitre 6

Donovan veut faire le tour du monde mais ce n'est pas la première des urgences. Il faut d'abord gonfler l'activité pour assurer de la fluidité dans la trésorerie. Pendant les mois qui suivent, on enchaîne les rendez-vous et les recrutements de bouchers. On devient aussi Donovan et Elena.

Donovan a besoin d'une cadence et je découvre l'ivresse du challenge. Il se plie joyeusement à mes consignes et j'aime de plus en plus les vaches. Il boit mon eau pétillante et je fume ses cigarettes longues auxquelles on enlève le filtre. Quand j'ai froid Donovan met un pull. Il a le don et moi je compte. Il a les idées de génie, je fais les dossiers.

Nous finissons par nous comprendre en un regard et rares sont les rendez-vous qui ne se terminent pas par une offre de collaboration. Nous sommes invités partout, beaucoup, à des événements mondains, à des remises de prix, à des dîners de gala. On a même un code de dîner.

Par exemple si l'un de nous deux a de la salade entre les dents, l'autre lui demande immédiatement s'il a des nouvelles d'Elizabeth.

L'occasion est trop belle pour l'un comme pour l'autre, mon besoin de reconnaissance se colle à ses besoins de développement mais aussi à ses besoins personnels. Je suis heureuse quand il est content et mon travail le remplit de joie. Il est distrait je n'oublie rien, il perd et je retrouve, il est connu je le deviens. Il sait profiter de la vie comme personne tandis que je m'inquiète depuis environ trente-cinq ans. Mon angoisse lâche devant sa bonne nature, il est la chance de ma vie, l'âme complémentaire qui fait naturellement briller la mienne. Sa passion pour son travail, son talent et le goût de sa viande sont des petits shoots de vie pure.

Sa nature fantasque d'artiste exigeant a besoin de légitimité dans les affaires, ce que j'incarne petit à petit tellement volontiers. Donovan devient en quelques mois mon frère mon pote mon fils aussi. Les bouchers nous appellent Maman et Papa.

Mes frontières professionnelles/privées ont sauté depuis longtemps. Donovan a souvent besoin de me parler au téléphone, et le dimanche soir surtout, il a plein d'idées. Les bouchers eux aussi ont parfois des trucs très importants à me dire le week-end ou le soir tard. Faut pas croire ce qu'on raconte, il n'y a rien de plus sensible qu'un boucher. Et les plus gros clients que Donovan a voulu bichonner et à qui il a donc donné mon numéro de portable ne sont pas en reste, les crises de manque de viande S. qu'ils peuvent ressentir sont d'une extrême violence.

Donovan vient souvent chez nous, mes enfants le voient comme un oncle et mon mari, ben mon mari aime bien Donovan, on va dire qu'il fait avec. Il est cool de nature cet homme et il est tellement content de me voir m'éclater dans mon boulot.

Pour aider Karine au bureau, on a recruté un charmant petit José. Dorénavant c'est José qui gère les rendez-vous et accomplit tout un tas de missions impossibles à définir dans un contrat de travail mais indispensables au bon fonctionnement de la Maison S., par exemple courir dans tout Paris à la recherche du dernier iPhone pour Donovan ou bien d'une brosse en soie d'Arménie, la seule qui convient aux vaches du Domaine.

Ce qui est bien agréable quand on travaille avec Donovan c'est que les portes s'ouvrent facilement, quasiment tout le monde a entendu parler de sa viande, bonjour Elena V. de la Maison S. et bim un rendez-vous.

Nous sommes bientôt sollicités par un groupe hôtelier de luxe qui nous propose d'ouvrir une boutique dans le restaurant de son dernier palace.

Cette proposition nous donne l'occasion de réfléchir à un nouveau genre de développement commercial : courtisés par des partenaires qui veulent la viande mais aussi les clients de Donovan, nous arrivons très vite à imposer notre modèle économique, celui qui nous accueille exploite tout et nous reversons un pourcentage sur le chiffre d'affaires réalisé.

Sur le papier c'est magnifique. Dans la vraie vie il y a quelques difficultés avec l'exercice, Donovan n'étant qu'une seule personne il ne peut de ce fait travailler que dans un seul endroit à la fois. Il s'agit de ne pas décevoir partenaires et clients.

La pression monte sur les bouchers qui le remplacent quand il n'est pas là. Donovan a une idée de génie : on installe des écrans géants ultramodernes dans les restaurants où l'on projette en permanence derrière le boucher à l'œuvre un film réalisé par le célèbre Jean-Louis Tonpino, qui montre Donovan en train de travailler la viande en train de masser Juanita en train de chanter une petite chanson.

Parfois même et c'est grandiose, on fait un live de Donovan en voyage, ce qui nécessite juste de se déplacer avec un réalisateur un coiffeur un maquilleur alors pourquoi s'en priver.

Chapitre 7

Ce matin Donovan a rendez-vous avec Monsieur et Madame P.

En haut du classement Forbes, Monsieur P. pèse environ cinquante milliards de dollars et fait la pluie et le beau temps dans le monde. Extrêmement friand de la viande de Donovan, c'est bien compliqué de le servir aussi souvent qu'il le voudrait.

Il fait parfois venir Donovan à son domicile pour découper une pièce devant ses invités. Ça lui coûte bonbon à chaque fois, c'est bon pour les affaires de la Maison S.

Donovan et les P. sont presque amis. Madame se confie beaucoup, elle a tellement de soucis et Donovan sait si bien écouter. L'histoire de sa fille Mary par exemple, qui est tombée enceinte l'année dernière à quatorze ans d'on ne sait même pas qui et qui s'en est rendu compte trop tard pour faire quoi que ce soit.

Monsieur P. était sûr que la Bourse allait plonger quand la nouvelle se répandrait. Quatorze ans, enceinte, la fille de Monsieur P. ! Les analystes allaient se déchaîner et l'action du groupe subir une sévère décote sûr de chez sûr.

Madame P. en avait suffoqué huit jours entiers avant de trouver la solution : elle allait envoyer Mary vivre à Gibraltar, prétendre porter cet enfant malvenu, enceinte à son âge, son dernier défi. La grossesse adroitement simulée de Madame P. avait enthousiasmé les marchés, ce P. quel homme tout de même !

Donovan avait eu beaucoup de mal à fournir assez de viande pour accompagner convenablement Madame P. dans cette épreuve. Il n'y avait que lorsqu'elle mangeait la viande de Donovan qu'elle arrivait à retrouver sa sérénité.

L'affaire avait pris cependant une tournure inattendue lorsque la charmante Mary avait donné naissance à un costaud petit bonhomme tout noir. Aucune des viandes de Donovan n'y pouvait quelque chose, l'enfant était noir et les P. blonds aux yeux bleus.

On pleura beaucoup, on était tellement désolé, tout aurait dû se passer comme sur des roulettes, mais on dut s'y résoudre et annoncer l'inévitable : l'enfant des P. n'avait pas survécu à sa venue au monde.

Les marchés tanguèrent mais les P. tinrent bon. Ils organisèrent immédiatement une séance photo et affichèrent bravement dans toute la presse leur douleur leur foi en l'avenir et leur confiance dans les actifs du groupe P.

Mary fut rapatriée de Gibraltar, le petit noir confié à une excellente institution mais au Zimbabwe. Tout le monde n'y voyait que des avantages : c'était loin et les habitants étaient de la même couleur.

Madame appela Karine nuit et jour jusqu'à Donovan en personne pour obtenir un rendez-vous tous les matins à la place du travail des chakras de Donovan tant pis s'il le faut. Et pendant deux semaines Donovan s'est privé de chakras pour découper et découper et découper encore chaque matin la chair salvatrice qui sauva Madame P. d'une mort certaine d'après elle. À part les P., seuls Donovan Karine et moi connaissons ce secret qui a failli déstabiliser la planète financière et entraîner la faillite de milliers de personnes.

Donovan a accepté d'abandonner un temps son précieux équilibre car au fond, il ne faisait pas le malin : s'il arrivait à se murmurer que Madame P. avait mangé quasi exclusivement de la viande de la Maison S. pendant sa grossesse, n'allait-on pas en conclure vite fait que la viande de Donovan était à l'origine du drame ? Donovan savait bien lui que

Madame P. n'avait pas été enceinte depuis un bon moment mais enfin sa discrétion légendaire, son tact et son élégance lui interdisaient à tout jamais de lâcher le morceau.

Ce jour-là j'accompagne Donovan et les P. sont d'excellente humeur, ils reçoivent ce soir un chef d'État ni plus ni moins. Ils adorent venir ensemble choisir leur viande et contempler Donovan.

Celui-ci s'applique et découpe avec ferveur une énorme côte d'Allegra, la viande favorite des P.

Il répond aux questions de Madame, où en êtes-vous cher ami ? Donovan en est qu'il veut toujours faire le tour du monde et il se trouve que le groupe P. détient une compagnie d'avions privés. Il se lance et présente son idée de génie. Madame P. bat des mains, c'est absolument cher Donovan la meilleure chose à faire, vous méritez d'être reconnu dans le monde entier.

Elle se tourne vers son époux, qu'en penses-tu mon amour ? Chose incroyable, elle enchaîne : tu cherchais à frapper un grand coup pour affermir la position de Jetlux, c'est l'occasion rêvée, une grande campagne autour de Donovan et sa viande pour montrer notre capacité de service sur mesure, voilà ce qu'il nous faut.

Donovan est très exalté, Monsieur P. relativement interdit et moi complètement consternée. Je m'attendais à plus d'obstacles, ce tour du monde ne me dit rien qui vaille car je sais qu'il va coûter de l'argent, que pendant que nous serons en voyage Donovan ne pourra assurer le chiffre d'affaires des boutiques et que le Domaine demande beaucoup d'attention. Je préfère continuer à asseoir le développement ici, on se bat quand même un peu tous les mois pour faire rentrer ce qui doit aussitôt ressortir. La Maison S. dépense gentiment pour que Donovan puisse travailler avec ce qui se fait de mieux et il est clair chez nous que réduire les dépenses revient à brimer l'énergie du Maître c'est-à-dire à mettre dangereusement en péril le don et la viande.

Aussi mes enfants sont petits, je ne suis pas sûre d'avoir l'énergie pour tout accomplir.

Monsieur P. aimerait bien qu'on lui fournisse un peu plus d'information sur ce merveilleux partenariat avant de se prononcer mais oui il va y réfléchir. Donovan se tourne vers moi et annonce triomphant à Monsieur P. que je lui ferai parvenir dès demain un dossier complet sur le projet Donovan S. autour du monde.

Chapitre 8

C'est parti mon kiki. On a rendez-vous pour défendre notre dossier, l'affaire est simple, Donovan voyage en Jetlux pendant un an et Jetlux utilise son image pendant toute la période. Films, affiches, communication *corporate*, Donovan sera partout et il n'oubliera pas c'est bien promis de décrire l'immense qualité de service et la flexibilité de l'entreprise de Monsieur P. auprès de sa clientèle distinguée.

À ce propos, Monsieur P. ne serait pas contre emmener l'actrice Minouche Atouvat qui vient de remporter un oscar, histoire qu'elle soit aussi sur les photos ça ne peut pas faire de mal. Minouche et Donovan sont très proches. Veggie pendant des années, Minouche a succombé à ses débuts, juste après son deuxième film et sur un malentendu.

Invitée chez une consœur déjà convertie, elle a croqué par inadvertance dans un friand qu'elle croyait aux épinards alors qu'il contenait une remarquable marinade de Philibert. Elle en était tombée à la renverse. Adieu les épinards, elle mangeait maintenant de l'agneau avec une constance qui forçait l'admiration et comme Donovan le lui avait fait remarquer alors, scellant ainsi le début d'une grande amitié, elle n'en était que plus expressive à l'écran.

Donc Minouche, a dit Monsieur P.

Pourquoi pas, répond Donovan, il ne veut pas s'engager car c'est un principe de vie, Donovan ne demande rien à ses clients célèbres. Mais là je sens qu'il va bien falloir, Minouche ou bien pas de tour du monde. Donovan esquive, j'emmènerais bien Anastasia si ça ne vous dérange pas, rendez-vous compte du buzz, Jetlux transportant une vache !

Monsieur P. reconnaît que c'est pas banal il faut voir avec les équipes si c'est possible, mais mon cher pas de Minouche pas d'Anastasia !

Donovan est à la fois content et contrarié. Il a pour habitude de ne jamais solliciter ses clients stars, c'est ce qui fait sa particularité, c'est un vrai gentleman qui ne demande pas de faveur. Il faut donc que Minouche trouve son compte dans ce tour du monde d'une façon ou d'une autre. Pose-lui la question, dis-je à Donovan, Minouche t'aime beaucoup, elle pourra manger de l'agneau pendant des jours entiers et puis c'est une femme qui a le pied levé. Bon d'accord, il dîne justement chez elle cette semaine c'est l'occasion.

Pour mettre Minouche dans de bonnes dispositions, Donovan prépare une épaule de Philibert qu'il roule tendrement sur le marbre pendant plus d'une heure, jusqu'à ce qu'elle brille uniformément. Lorsqu'il la cuira, l'os se détachera comme par miracle de la viande, il aura juste besoin de tirer doucement.

Papier de soie rose pâle, boîte isotherme, sac noir mat, voiture de maître devant la boutique et hop Donovan est prêt à partir chez Minouche. Au moment de monter en voiture il fait demi-tour et remonte quatre à quatre jusqu'au bureau, il veut à tout prix offrir à Minouche ce merveilleux livre qui a changé sa vie, vite vite où est-il.

Ce livre qui a complètement bouleversé Donovan, c'est *Les Quatre Accords toltèques* de Miguel Ruiz, un jaguar devenu chaman, si si. Un livre absolument fondamental qui permet d'adopter un comportement absolument irréprochable en obéissant à des principes de vie absolument époustouflants, comme s'exprimer correctement en toute circonstance, ne rien prendre personnellement, ne jamais supposer ou bien encore faire de son mieux dans la vie.

La première fois que Donovan m'a parlé des *Quatre Accords toltèques* est-ce que tu connais Elena j'ai spontanément répondu non.

Mais dès que Donovan m'a exposé les fameux accords j'ai eu un doute : ça ressemblait étrangement à ce que Mamie Zaza m'a répété toute mon enfance, sans faire plus de manière en ce qui la concerne, comme par exemple ma petite-fille si t'as fait de ton mieux alors tu n'as rien à te reprocher ou encore ne te fais pas du mauvais sang sans savoir ma chérie.

Mamie Zaza pourtant n'était ni jaguar ni chaman ni même toltèque. Même si elle rugissait super bien quand on n'obéissait pas. C'était tout simplement une femme extraordinaire qui a élevé dans le respect d'autrui une ribambelle d'enfants sans se douter qu'elle leur délivrait l'enseignement suprême !

De là à conclure que Miguel Ruiz la connaissait personnellement il n'y a qu'un pas. Je me suis carrément demandé s'il n'avait pas tout bonnement tout pompé à Mamie Zaza et j'ai longtemps étudié leur parcours de vie pour voir comment don Ruiz avait pu la rencontrer. Je n'ai pas trouvé mais on ne m'enlèvera pas de l'idée que *Les Quatre Accords toltèques* c'est Mamie Zaza qui aurait dû les publier. Comment cette femme dévouée à son foyer a-t-elle pu croiser la route d'un fier jaguar réincarné en chaman et surtout se confier à ce point ?

Mystère et boule de gomme mais je donnerais n'importe quoi pour faire revenir Mamie et lui poser la question.

En attendant ce petit livre ne quitte pas Donovan qui n'a pas connu Mamie Zaza. Il y voit une sagesse novatrice, presque protectrice par sa clairvoyance, il en a été soufflé quand il l'a lu pour la première fois. C'est un ami très cher qui le lui a offert, un artiste qui lui aussi a vu sa vie basculer quand il a découvert cet ouvrage.

Donovan a son exemplaire bien sûr, mais il en a aussi d'autres, déjà emballés dans de magnifiques papiers cadeaux pour permettre à des amis privilégiés de découvrir enfin les règles à suivre et d'accéder ainsi tout droit au bonheur. José doit toujours veiller à ce qu'il y ait un stock et c'est lui qui réalise les magnifiques pliages autour. José bondit de sa chaise, là Donovan ils sont là, ouf.

Entre l'épaule de Philibert et les accords toltèques, ce serait fou que Minouche n'accepte pas d'accompagner Donovan, au moins dans quelques pays. Donovan m'appelle le lendemain matin, il a du mal à garder son calme sa voix est remplie d'excitation, ça y est, Minouche est OK, Jetlux, Anastasia, tout ça c'est bon. Et grâce à quoi je te prie ? Je devine sans peine, grâce à Philibert et aux accords toltèques.

D'abord l'épaule effectivement, cela avait permis à Donovan d'aborder le sujet. Tout en dégustant la chair raffinée, Minouche avait écouté la proposition et chaque bouchée qui fondait dans sa bouche évoquait une destination, c'était tout simplement magique ! Enfin Donovan avait sorti son coup de maître, le livre sacré. Le visage de Minouche s'était tout bonnement illuminé quand elle avait reçu les précieux enseignements.

Mêlés aux sucs de l'agneau, ils lui avaient fait l'effet d'une révélation quantique. Elle ne pourrait jamais assez remercier Donovan.

Et ben si justement, elle pouvait, il lui suffisait de partir se promener à bord de Jetlux.

Chapitre 9

On annonce la bonne nouvelle à Monsieur P., Minouche est de la partie.

Dans la même conversation, nous en profitons pour évoquer le transport d'Anastasia et Monsieur P. soupire, cher Donovan pourquoi pas, voyons-nous avec le constructeur aéronautique qui fournit Jetlux, peut-être aura-t-il une solution.

Dix jours plus tard nous nous asseyons autour d'une grande table chez Dassault, entourés d'ingénieurs et d'architectes d'intérieurs à qui nous expliquons la situation. Ce sont des gens très ouverts qui voient de tout, qui ont l'habitude des demandes les plus extravagantes, mais une vache, ça les laisse sur le cul. Donovan sourit et montre des photos qu'il a pris soin de préparer sur son écran d'ordinateur; Anastasia aux champs, Anastasia à l'étable, Anastasia sur l'étagère de la boutique.

Il faut reconnaître qu'il est difficile de résister aux charmes d'Anastasia, et puis aussi on entend Monsieur P. saliver tout à coup et quand Monsieur P. salive il n'est pas rare qu'un contrat se signe dans la foulée tout le monde le sait. Parce qu'au final les ingénieurs sont formels, c'est d'un nouveau jet dont on parle, on ne peut pas aménager un avion existant il faut construire un jet pour transporter une vache…

À ce moment-là je pense qu'on va perdre Monsieur P. et le tour du monde, mais Donovan clique et remplace tout à coup Anastasia par une photo de Minouche ; sublime et souriante, elle semble regarder Monsieur P. droit dans les yeux. C'en est fini de ses dernières hésitations, préparez-moi le bon de commande !

Pendant plus de six mois Donovan se rend dès qu'il le peut chez le constructeur pour diriger l'aménagement de l'avion, c'est une période très excitante, on fait même venir Athénaïs à Paris car qui mieux qu'elle peut expliquer aux ingénieurs les besoins de la bête ? Il faut fournir poids et taille bien sûr, mais aussi habitudes alimentaires, musique préférée et comportement en société. Il va de soi que les passagers ne doivent pas être incommodés par la présence d'Anastasia de même que cette dernière ne supporte pas trop de promiscuité, hormis celle d'Athénaïs et de Donovan bien sûr.

On parle donc cuir souple et matières nobles tout autant que fourrage et déjections, car notre Anastasia, comme ses consœurs d'ailleurs, produit quand même douze bouses par jour d'environ trois kilos, alors évidemment il faut bien réfléchir à tout ça.

Et puis cela va de soi, cette Anastasia ne sera pas consommée à destination, elle vient pour incarner – que pourrait-elle faire d'autre en même temps – le don de Donovan. Il faut donc transporter dans les règles de l'art la viande du Domaine déjà sublimée dans des étagères frigorifiques semblables à celles de la boutique.

Pendant que Donovan et Athénaïs découvrent les joies de l'aéronautique, le bureau tourne à plein régime. Il faut trouver d'autres partenaires, surtout un partenaire pour nous accueillir dans chaque pays.

Dans la foulée de nos derniers développements, nous tentons les chaînes hôtelières de luxe, sur la base du même principe qu'avec Jetlux : accueillir Donovan valorise immédiatement la communication si subtile de ces établissements, surtout quand il est avec Minouche, et surtout quand c'est Monsieur P. qui le transporte.

Je décide d'attendre un peu pour parler d'Anastasia, il sera toujours temps de revenir sur le sujet. La proposition séduit le groupe hôtelier Ramstar, implanté dans le monde entier. Ou plutôt, le projet de Donovan séduit particulièrement Winnifred Apy, directrice du développement de la chaîne.

Le rendez-vous a lieu au bar de leur hôtel parisien. Je suis Donovan qui avance à grandes enjambées vers une jolie femme souriante d'environ trente-cinq ans. Quand elle l'aperçoit, Winnifred Apy est debout d'un bond et sourit encore plus. Elle lui tient longuement la main, mon dieu c'est vous, je dînais hier chez les D. d'une de vos délicieuses volailles, c'est à tomber par terre. Donovan sourit aussi, enchanté, ils sourient tant tous les deux que c'est un moment de grâce. Winnifred est absolument charmante. Vive et célibataire, elle saisit immédiatement les gigantesques possibilités que représente ce tour du monde en termes d'image pour le groupe Ramstar.

Il faut peu de temps pour conclure l'affaire, et à peine Donovan a-t-il évoqué l'appui des P., qui se trouvent en outre complètement par hasard être les parents d'un remarquable jet-setteur dont elle a tant entendu parler, que Winnifred conquise sourit très fort. Donovan découpera sa viande dans les cuisines étoilées des palaces lointains pendant toute une année. Il dormira dans lesdits palaces ainsi que toute son équipe, car ah oui sans compter Minouche on sera quatre quand même, Donovan, un boucher pour l'assister, Athénaïs, et moi.

Le palace quant à lui préviendra la ville entière de l'arrivée du Maître par le biais de relations presse judicieusement menées conjointement avec Jetlux. Il reste deux ou trois bricoles à caler comme est-ce qu'on rentre à Paris entre chaque destination, mais ça prend forme. Donovan ne cache pas sa joie, il est très fier de moi. J'arrive à masquer mon appréhension, je suis très fière aussi.

Chapitre 10

Karine s'inquiète un peu aussi, mais comment on va faire quand vous ne serez pas là ? Qui va chanter des petites chansons aux bêtes du Domaine ? Je ne sais pas comment on va faire, mais Donovan virevolte autour d'elle, Karine calmez-vous, tout va bien se passer, Georges et Gilbert peuvent tout à fait se débrouiller sans Athénaïs, et vous sans Elena, comment faisiez-vous avant qu'elle ne soit là hein Karine ? Et puis vous avez José, c'est pas rien José. Non José c'est même presque tout, il court toujours aussi vite d'un quartier à un autre pour ramener les choses indispensables à Donovan, tiens hier il a couru trois heures d'affilée pour trouver du papier de soie couleur *nude* volaille.

Karine s'entête, oui mais supposons que, Donovan s'arrête net et lui lance un regard furieux, d'où on suppose maintenant Karine ?!!! Avez-vous oublié le troisième accord toltèque ?! Ressaisissez-vous Karine !

Karine rougit, penaude, oui c'est vrai on a pas le droit de supposer, elle l'avait oublié, l'espace d'un instant de faiblesse.

Mais Donovan, Elena, c'est qu'en vérité je suis enceinte. Donovan s'assoit de surprise et ne peut réprimer cette question stratégique, en êtes-vous sûre Karine ? Parfois… regardez les P.

Karine est formelle, elle ne suppose pas, elle est enceinte de trois mois et de son mari en plus, ce qui semble fou. Le visage de Donovan se décompose lentement, je ne comprends pas, je ne comprends pas, murmure-t-il sous l'effet de la surprise. Avec Karine on se regarde, on n'est pas sûres de ce qu'il faut expliquer à Donovan.

Comme tous les grands artistes il trouve trop injuste que la réalité résiste parfois insolemment à la réalisation de ses projets. Je féliciterai Karine plus tard et je choisis de changer de sujet pour ramener la sérénité, car si Donovan est contrarié la viande est moins bonne, ça c'est un état de fait qu'on connaît tous à la Maison S.

Allez viens, lui dis-je, on va retrouver Winnifred et choisir une bonne fois pour toutes les villes où nous allons nous rendre. Car il s'agit de donner du rêve pur à des novices, certes, mais aussi de vendre le maximum de viande de Donovan dans chaque ville. Il ne faut pas se rater sur le pouvoir d'achat de la destination.

En premier, Donovan voudrait aller à Rio et tant qu'à faire au moment du carnaval, toute cette agitation, ils ont grandement besoin de protéines.

Ensuite Gstaad, avec ce froid ils ont grand appétit. Puis New York car c'est quand même super-sympa, et aussi Sydney, Beijing, Moscou, Kyoto, Abu Dhabi, Caracas… Caracas il l'a promis à Minouche qui a toujours eu un faible pour Hugo Chávez.

Winnifred est assez d'accord sur les destinations, j'en profite pour demander innocemment où on va mettre Anastasia dans chaque hôtel ? Winnifred a un mouvement de recul et sourit moins loin que d'habitude, Anastasia ? Monsieur P. y tient beaucoup, explique Donovan, se gardant bien de raconter qu'il a imposé sa bête en échange de Minouche. Alors si Monsieur P. y tient beaucoup… J'explique rapidement les besoins d'Anastasia, un petit coin d'herbe c'est bien, mais sinon une jolie stalle dans un coin de l'hôtel peut faire l'affaire aussi, tant qu'on peut la promener un peu tous les jours. Si elle pouvait être pas trop loin d'Athénaïs ce serait parfait.

Winnifred ne bouge plus, avec un tout petit sourire riquiqui coincé sur son visage, que j'apprendrai vite à identifier comme l'expression d'une profonde détresse. Donovan a plus d'un tour dans son sac, il insiste, n'oublions pas Winnifred que nous voulons montrer au monde l'extraordinaire service sur mesure qui caractérise les établissements Ramstar, nul doute qu'Anastasia et Minouche donneront le meilleur d'elles-mêmes et que la presse conquise se ruera sur l'opération. Monsieur P. en est convaincu.

Monsieur P. c'est en quelque sorte une formule magique. Je n'ai jamais rencontré quelqu'un qui y ait résisté. En disant simplement Monsieur P. préfère, ou bien Monsieur P. en est convaincu, on obtient à peu près le même affaiblissement d'une éventuelle opposition qu'en servant un filet d'Allegra. Peut-être même plus rapidement et plus définitivement, sauf le respect que je porte à la viande de Donovan. Dans le cas précis, comme Winnifred a beaucoup de personnalité et qu'on ne la lui fait pas, Donovan a prononcé deux fois la formule magique mais c'est très rare, normalement une fois suffit. C'est très pratique, je l'utilise moi aussi avec Donovan quand j'en ai l'occasion.

Bref, Winnifred se détend à vue d'œil et nous partons bras dessus bras dessous visiter les parkings de l'hôtel pour voir si par exemple une vache pourrait habiter là quelque temps. C'est juste pour montrer à Winnifred qu'il y a toujours des solutions, mais moi j'ai vu l'œil de Donovan quand il est entré dans le parking et je sais bien qu'il n'est pas né celui qui rangera la vache ici.

On décide de se revoir très vite et d'emmener Winnifred chez Dassault pour qu'elle puisse bien se rendre compte de qui est Anastasia et de comment on la transporte.

Chapitre 11

On n'a pas réglé le sujet Karine. Enceinte de trois mois, donc accouchement dans six, mais départ dans quatre et demi. Donovan trouve que c'est dans longtemps, tu vas forcément trouver une solution ma chérie.

C'est juste tout bonnement une catastrophe, je sais qu'on ne remplace pas Karine, je tente d'expliquer à Donovan que le mieux c'est encore que je reste ici avec José et les bouchers. Mais voyons tu es tombée sur la tête, impossible de faire le tour du monde sans toi et puis on va trop bien s'amuser tu te rends compte. Je ne sais pas si je me rends trop bien compte ou pas assez, mais c'est désagréable comme sensation. Donovan me regarde et constate l'évidence, j'ai besoin d'une bonne tranche de rôti. Et peut-être d'un verre de Chasse-Spleen et d'un petit joint. Il est d'une perspicacité parfois sidérante.

La viande m'a fait du bien. On se pose au calme avec Karine, je préfère chercher dès maintenant la personne qui va tenter de la remplacer alors on rédige une annonce. En la rédigeant on se rend bien compte que ça ne va pas être facile de trouver une telle polyvalence un tel dévouement une telle connaissance de l'entreprise, d'ailleurs par quoi commencer ? La comptabilité ? La maîtrise de Donovan ? La connaissance du monde de la boucherie de luxe ?

Donovan nous entend discuter et il a une idée de génie : Karine, puisque je serai en voyage, pourquoi ne pas vous installer dans mon appartement pendant votre congé maternité ? Vous pourriez y couler des heures paisibles tout en surveillant le bureau la boutique.

Mais Donovan c'est un congé normalement. Oui, et alors ? Vous seriez en congé mais au travail Karine, n'est-ce pas merveilleux ? Le côté merveilleux ne semble pas sauter immédiatement aux yeux de Karine mais elle accepte d'y réfléchir et Donovan enchanté retourne en sifflotant à la boutique. Pour un homme de sa trempe si t'as pas dit non c'est que c'est oui, cette foi dans la vie lui a toujours réussi.

La boutique, comme les autres boutiques et comme le Domaine, frémit d'excitation. Même si on n'a pas voulu mettre la charrue avant les bœufs, il se murmure dans toute la Maison S. que Donovan et Elena vont partir en voyage ainsi qu'Athénaïs. Il est temps d'expliquer nos projets à tout le personnel et de préparer convenablement notre absence. Il est presque impossible de réunir tout le personnel de la Maison S., sauf à six heures du matin et ce n'est pas la meilleure heure pour obtenir leur adhésion. D'autant qu'à cette heure-là, Donovan lui-même n'est pas en état de déclencher l'enthousiasme habituel qui accompagne ses interventions auprès du personnel.

Karine doit donc organiser un duplex multiplex avec le Domaine et les boutiques, juste après la fermeture. Et Donovan est formel, je dois frapper un grand coup lors de l'annonce, marquer le terrain les esprits avec un management de pointe. Je sais exactement ce que je vais faire. Je laisse Donovan présenter son idée de génie avec son vibrato dans la voix, c'est un grand homme il obtient bien souvent de grandes réactions. Je souris, rassurante en arrière-plan.

Quand Donovan a fini je demande à chacun de s'asseoir et je leur lis une histoire incroyable, un monument de la littérature enfantine qui devrait, j'en suis convaincue, devenir la bible des étudiants en management, et peut-être même des gouvernements du monde entier c'est *Un pantalon pour mon ânon*, une histoire du Père Castor.

Si Donovan ne peut se passer des *Quatre Accords toltèques*, cet ouvrage-là m'inspire nuit et jour dans mes relations au monde et plus particulièrement aux bouchers. Il s'agit de bienveillance comme mode de gestion de crise.

On refuse un pantalon à un petit ânon pour se protéger des mouches sous prétexte que ça ne se fait pas, et soudain, c'est l'économie entière d'une région qui s'en trouve menacée. La lecture de cette histoire émeut toute l'équipe et particulièrement Georges et Gilbert qui sont des garçons très sensibles. Je suis convaincue qu'on peut diriger n'importe quelle entreprise du CAC 40 avec *Un pantalon pour mon ânon*.

Je leur demande solennellement de toujours respecter l'esprit de l'ouvrage dans toutes leurs actions, vis-à-vis des clients des bêtes de José de Donovan et de moi-même, quand bien même nous serions loin : à la Maison S. on fait plaisir d'abord, chacun doit me promettre de ne pas l'oublier. Donovan est ravi, on sent un esprit de communauté envahir chacun d'entre nous, nous sommes fiers de faire partie de la Maison S., le tour du monde va être un grand succès.

Antoine veut à tout prix être le boucher qui nous accompagne. Je tique, bien que l'idée semble enchanter Donovan. Bien sûr Antoine c'est le gage d'un tour du monde parfaitement exécuté, la complicité qui l'unit à Donovan n'a d'égale que son sérieux.

Mais c'est justement pour ça que je préférerais qu'il reste à Paris, je sais qu'il représente Donovan mieux que les autres. Je gagne du temps et leur demande un courrier de motivation pour les départager, sachant qu'en ce qui concerne Georges et Gilbert c'est juste hors de question puisqu'on emmène Athé.

Avant de conclure la *conference call* qui rassemble les quinze employés de la Maison S., Donovan annonce triomphalement la grossesse de Karine ainsi que son prochain emménagement dans son appartement au-dessus de la boutique. Ce qui est bien c'est que tout le monde fait la même tête, on continue à fond dans la communion d'équipe c'est magnifique. Une tête absolument ahurie il faut bien le reconnaître, mais qui, selon le point de vue et l'éclairage, peut aussi passer pour l'expression d'une profonde admiration devant l'idée de génie. C'est évidemment cette interprétation que choisit Donovan, fidèle à son bon naturel.

José a une question, est-ce que lui aussi il doit emménager chez Donovan ? Mais voyons José, Karine a un mari, ça va faire trop de monde. José ce petit bonhomme est tout soulagé, quant à Karine elle respire à peine, ce qui est très mauvais pour la santé du bébé, mais voilà on l'a dit, si t'as pas dit non c'est oui, et Karine n'a rien dit.

Chapitre 12

La construction du jet est presque achevée. Anastasia sera installée dans une magnifique petite cabine-étable ultramoderne, une miniature de celle du Domaine. À ceci près que les cloisons l'entourant dans l'avion sont en verre capable de devenir opaque quand on appuie sur un bouton. Il faut en effet qu'elle puisse voir à la fois du pays mais aussi Donovan et Athénaïs pour conserver son équilibre pendant le voyage. Lorsqu'elle est fatiguée ou si la météo risque de l'impressionner, on appuie et c'est la nuit. Une trappe dans le sol permet l'évacuation des bouses qui atterrissent en soute dans une fosse appropriée, de l'herbe fraîche sera stockée en quantité, Athénaïs n'aura finalement pas grand-chose à faire.

Juste à côté de la cabine d'Anastasia, les sièges de Donovan et d'Athénaïs, évidemment. Puis devant, l'assistant boucher et moi-même.

Minouche aura une petite cabine aussi, mais on ne peut pas voir à travers comme pour Anastasia, Donovan craignant qu'elle n'aime pas le principe. Il reste deux sièges non attribués à l'avance, Winnifred a l'air de vouloir venir avec nous donc a priori on est quasi complet.

Winnifred qui est venue comme nous en étions convenus voir le petit avion de Donovan. La cabine d'Anastasia a fait son effet.

Elle a vite compris que le groupe Ramstar devait être à la hauteur de l'opération et chaque hôtel nous accueillant a désormais pour mission de trouver le meilleur endroit pour la bête, en fonction des critères établis par Athénaïs dans une fiche technique qu'on finira par appeler la bible d'Anastasia.

En termes d'organisation, il est devenu clair que nous ne pouvons pas enchaîner toutes les destinations, Anastasia ne pourra pas supporter de ne pas retrouver son Domaine et ses copines pendant tout ce temps. Elle aura besoin de repos. Nous devrons faire le plein de viande sacrée, viande qui sera transportée en soute (pas à côté de la fosse à bouses non non non, à l'autre bout de l'appareil dans de grandes armoires frigorifiques) entre chaque pays.

Et puis on n'emmènera pas forcément les mêmes produits selon le pays.

Pas de filet mignon au Moyen-Orient mais du Philibert en quantité. Les Américains, eux, auront du mal à résister à la côte de Milena. Il y a quand même là matière à une sérieuse étude de marché qu'Athénaïs doit réaliser sans faute pour la semaine prochaine, en étroite relation avec Georges et Gilbert, de façon à ce qu'il n'y ait pas de ratés dans le planning des sublimations que je veux à tout prix caler pour l'année.

Aussi, comme parfois je dois le rappeler à Donovan, j'ai deux enfants de moins de dix ans qui ne trouvent pas que ce tour du monde soit tant que ça une idée de génie. Donovan a pourtant tout essayé, il est venu à la maison avec des petits nuggets tout frais réalisés par ses soins, il leur a chanté des petites chansons, mais non, ils ne cèdent pas et lui lancent dorénavant un regard sombre à chaque fois qu'il passe la porte. Il en a déduit qu'ils ont tous les deux le caractère entier de leur mère, quelle chance pour leur avenir. Quand ma petite fille de cinq ans lui demande : dis Donovan quand est-ce que tu retournes dans ta vie à toi, il manque de s'étrangler de rire, cette petite est définitivement impayable.

C'est donc Rio qui a l'honneur d'accueillir et d'inaugurer le tour du monde de Donovan S. L'hôtel Ramstar est situé en plein Copacabana et nous serons en plein carnaval. En termes de fréquentation c'est impeccable, tous ces gens riches et affamés qui viennent ici pour célébrer la vie, forcément des clients pour Donovan.

J'ai hâte de savoir où on va mettre Anastasia, car dans l'Aubrac il fait frais la nuit, le matin, et, finalement, une bonne partie de l'année. Rio c'est chaud. Winnifred triomphante nous montre le mail qu'elle vient de recevoir de ses équipes brésiliennes, l'endroit réservé pour Anastasia : l'hôtel possède une cour intérieure, un grand patio très arboré et le groupe Ramstar a construit une étable bien ombragée dans un coin du patio, à quelques mètres de la chambre d'Athénaïs qui donne sur la cour. Ça a l'air parfait ! Il est prévu qu'on reste une dizaine de jours mais Donovan a envie de flexibilité.

Tu comprends si ça marche on reste et sinon on ira danser. Alors même si ça ne marche pas, on reste aussi ? Donovan s'agace, il ne supporte pas quand je fais semblant de ne pas comprendre. On fera comme on le sent Elena arrête de t'inquiéter.

Reste un point quand même, quel boucher on emmène ? Ils ont tous écrit leur lettre de motivation, on se prend un petit moment avec Karine et Donovan pour étudier tout ça. Bon, Antoine d'abord. Alors Antoine veut venir parce qu'il sait qu'il assistera parfaitement le Maître et puis aussi il adore les voyages. Pour Donovan c'est parfait, je maintiens que, non, pas Antoine, ça mettrait en péril la boutique.

Voyons voir ce que disent les autres : toutes les lettres se ressemblent ils aiment tous voyager ils aiment tous Donovan et aucun ne supportera si Papa et Maman s'en vont si longtemps. Donovan est ému aux larmes, quand même tout cet amour ça ravigote grave. Je propose que nous prenions les bouchers en voyage chacun leur tour. Et Antoine ouvrira le bal, on l'emmène à Rio. Une solution qui convient à tout le monde, parfait.

Karine a pour mission de se trouver illico une sage-femme qui suivra sa grossesse au bureau.

Athénaïs a fini de préparer Anastasia qui subit depuis quelques mois une adaptation aux conditions de vol : on la laisse dans son étable que l'on a tapissée pour reproduire les parois de sa cabine en verre le temps de chaque trajet, et on lui passe une bande-son qui recrée l'univers de l'avion. On voit bien qu'elle préfère les petites chansons de Donovan mais enfin en vol, elle aura les deux ; normalement on est bons.

Ramstar Rio a lancé deux cents invitations à ce que la ville compte de mieux portant. Businessmen artistes comtesses, le Brésil n'a qu'à bien se tenir : dans une semaine nous serons à pied d'œuvre. Avec Winnifred on a prévu que, pendant le cocktail de présentation, Donovan découpe la viande sur une estrade en marbre installée dans le patio, un gril de pierres chaudes sera installé juste à côté ; Antoine veillera à la cuisson des morceaux magiques, Athénaïs promènera Anastasia dans la cour. Cette viande sera servie aux invités par le personnel de l'hôtel et nous n'aurons plus qu'à prendre les rendez-vous pour la semaine qui suit le cocktail, six par jour comme à Paris. Les prix sont légèrement supérieurs à ceux pratiqués en boutique forcément. On ne peut que s'incliner devant la promesse de tant de succès.

Chapitre 13

Minouche n'a pas souhaité bénéficier d'une préparation au voyage. J'aurais bien voulu qu'elle passe quelques jours au Domaine avant de partir pour faire connaissance avec cette Anastasia-là, mais elle n'a pas le temps c'est une femme très occupée. Donovan n'est pas inquiet elles vont très bien s'entendre toutes les deux.

Et c'est ainsi qu'un lundi matin le tarmac du Bourget voit passer dans l'ordre Donovan Minouche Elena Anastasia Athénaïs Antoine et Winnifred. Cette petite procession provoque une grande agitation auprès du personnel de l'aéroport. Des stars, ils en voient, mais des stars avec des vaches, beaucoup moins. Anastasia est sublime, Athénaïs a fait du beau boulot : le poil brille, elle frise presque de la frange. Elle porte un magnifique collier de cuir taupe aux couleurs de la Maison S. qui s'accorde à ravir avec sa robe froment.

Elle incline élégamment la tête d'un côté puis de l'autre, sous les cris d'admiration qui s'échappent de la foule. Je la sens ravie, je lui gratouille le front et comme elle kiffe grave quand on fait ça elle pousse un superbe beuglement qui fait légèrement tressaillir Minouche.

Le ravitaillement en soute a eu lieu sous la houlette d'Athénaïs, Donovan demande plusieurs fois : t'es sûre Athé il manque rien ? Elle est formelle, Anastasia ne manquera de rien et les Cariocas non plus, les viandes sont arrivées du Domaine toutes fraîches et ont été immédiatement rangées dans les armoires froides.

Même Monsieur P. a fait le déplacement avec les équipes dirigeantes de Jetlux et une nuée de photographes et de journalistes pour immortaliser ce grand moment de l'aviation civile privée. Winnifred sourit tellement sous l'effet d'une joie irrépressible qu'on s'attend à chaque instant à ce qu'elle en fasse un tour sur elle-même. Juste avant de monter dans l'avion, elle demande à Monsieur P. si son fils viendra au cocktail à Rio. Il a l'air surpris de la question, mais surtout il n'en sait rien, c'est un grand garçon quand même, l'a-t-elle seulement invité ? Oui bien sûr, elle l'a fait personnellement, mais elle n'a pas reçu de réponse.

Monsieur P. on le voit bien n'a pas grand-chose à ajouter. Winnifred décide que tout ça c'est bon signe, elle sourit encore une dernière fois avant de monter dans l'avion et juste avant que la porte se referme sous les applaudissements, elle se retourne et envoie des cœurs avec les doigts, voilà on y est.

Athénaïs est installée dans sa cabine, Minouche pareil. Donovan virevolte dans l'avion pendant le roulage, enchanté il me serre longuement dans ses bras, ma chérie tu te souviens je t'ai toujours dit fais bien attention à ce que tu veux vraiment car tu finiras par l'obtenir – je me dis *in petto* ça si c'est pas dans *Les Quatre Accords toltèques* il va falloir écrire une suite. Oui, je me souviens très bien, mais je n'ai jamais trop remarqué la validité de l'aphorisme, d'autant que ce tour du monde je ne l'ai jamais vraiment trop voulu et puis ça, Mamie Zaza, elle ne le disait pas. Je ne dis pas à Donovan qu'à cet instant précis, je crois surtout que ce qui doit se passer finit toujours par arriver, surtout si tu le crains aussi fort que ça. Pour le moment, comment ne pas se réjouir devant le bonheur de Donovan ? On nous sert un peu de Chasse-Spleen, il est tôt mais enfin célébrons.

Donovan chantonne doucement en passant une tête chez Anastasia, Antoine est ravi, Athé aussi à sa façon un peu bougonne – Athé soupire beaucoup, mais sous le regard de Donovan le soupir se mue toujours en sourire satisfait. Minouche se couche elle est crevée, mais elle veut bien qu'on la réveille quand on servira du Philibert. Winnifred a un planning de vol tout établi ; elle doit travailler pendant six heures et dormir les six heures restantes pour être en forme à l'arrivée. Mon planning de vol, c'est forcément le même que Donovan, mais aussi qu'Anastasia qu'Athénaïs qu'Antoine que Winnifred que Minouche.

Je coordonne surveille encourage réprimande détends tout ce petit monde au fur et à mesure de ses besoins. Au bout de quelques verres, c'est la détente qui prend le dessus et nous voilà bientôt en train de chanter des chansons de garde à tue-tête avec Donovan Antoine et Minouche qui s'est réveillée d'un coup. Winnifred a demandé des boules Quies elle doit à tout prix finir ce rapport. Je la vois se débattre avec une feuille et un crayon à papier, tiens elle fait un dessin. Athé bat la mesure en surveillant d'un œil Anastasia, on finit par la mettre en mode opaque, on trouve qu'elle n'a pas l'air d'aimer quand on s'amuse autant. Je finis par m'écrouler de fatigue de Chasse-Spleen et d'appréhension. Je me réveille une heure avant d'atterrir.

Donovan et Athénaïs ne sont plus dans leur siège-couchette mais allongés, endormis de chaque côté de la vache chacun une main posée sur son robuste flanc. Je comprends qu'elle a eu peur dans le noir et ils ont dû intervenir en urgence à coups de petites chansons et de massages adroits. Antoine Minouche et Winnifred dorment aussi, on va commencer la descente, ça sent le café chaud et les œufs brouillés dans tout l'appareil.

Je demande à l'hôtesse de bien vouloir me servir un petit verre de Chasse-Spleen avec les œufs. En faisant quelques pas pour me détendre, je ne peux m'empêcher de jeter un œil au mot qui traîne devant Winnifred endormie :

Cher petit Monsieur P.,

Comme le précise le carton que vous avez certainement dû recevoir, je vous confirme que je serai ravie de vous accueillir mercredi 15 février dans notre établissement Ramstar de Rio afin de célébrer lors d'un cocktail la venue de Monsieur Donovan S., de sa vache Anastasia et de Mademoiselle Minouche Atouvat.

Votre bien dévouée Winnifred Apy,
directrice du développement du groupe Ramstar.

Il faut préciser que Winnifred est d'origine canadienne, d'Acadie plus précisément, et que parfois la langue française lui joue des tours pendables. Je pense qu'elle avait en tête quelque chose comme Monsieur P. junior mais va savoir… de toute façon c'est pas le moment d'élucider les mystères de la grammaire de Winnifred.

Je réveille doucement Minouche car s'il y en a une qui doit sortir de l'avion sur son trente et un, c'est bien elle. Elle et Anastasia. Je réveille aussi Athé qui a le chignon tout de travers et de la paille dedans ce qui n'est pas envisageable, car personne n'a envie d'entendre Donovan hurler sa célèbre phrase, issue de plusieurs années de pratique imposée d'équitation classique, à l'époque où Monsieur S. père pensait encore faire pencher la balance du bon côté, c'est-à-dire pas du côté des vaches : une paille dans la queue, retour à l'écurie ! Je pense que dans son malheur, Monsieur S. père a eu de la chance car Donovan aurait pu devenir boucher chevalin sur un malentendu et ça n'aurait pas vraiment arrangé ses affaires à Monsieur S., vu que c'était encore moins tendance que boucher tout court, de vendre du cheval mort.

Il faut préparer un peu tout le monde en fin de compte. Mais évidemment on vole à bord de Jetlux, donc on a aussi deux grandes salles de bains à notre disposition.

Chapitre 14

Rio nous voilà, tous pimpants, rafraîchis. La porte du jet s'ouvre et des clameurs retentissent. Le tarmac est blindé de photographes, Donovan sort en premier, un peu comme Clément Ader qui viendrait de traverser l'Atlantique. Il a mis sa redingote en lin crème gansée de taupe pour l'occasion, et bien sûr, les cuissardes fauves qui annoncent ce jour-là à la fois une humeur radieuse et une météo de rêve, il lève les bras en souriant.

C'est là que la magie opère comme toujours, à peine est-il sorti de l'appareil qu'il est accueilli en héros : il déclenche pleurs rires larmes crises de nerfs, aujourd'hui il est boucher mais aussi rock star chef d'État ou bien pilote d'avion. Il chaufferait une salle comme personne Donovan. Minouche n'a plus qu'à suivre, et hop, tout le monde descend sous les flashs et les micros qui se tendent : Minouche Donovan Minouche Donovan, par ici, par ici.

Les équipes de Ramstar sont là pour nous accueillir, il y a une petite bétaillère pour Anastasia, Winnifred a bien travaillé. On n'a pas énormément de temps pour se détendre car ce soir cocktail géant. Il faut installer Anastasia gérer le stockage de la viande préparer le matériel de Donovan regarder la liste des journalistes appeler Karine pour faire le point sur ce qui se passe à Paris.

Donovan irait bien faire un petit tour sur la plage pour respirer un peu. Allez vas-y, ça va te faire du bien. Antoine et moi on est à fond de chez à fond et Athénaïs s'occupe de la bête. Winnifred tournicote beaucoup aussi. A-t-on des nouvelles du fils de Monsieur P. ? Elle se jette nerveusement sur son téléphone et pianote un dernier mail avant l'événement, auquel je ne peux m'empêcher de jeter un coup d'œil par-dessus son épaule :

Cher petit Monsieur P., je me permets de vous mettre très à l'aise : si vous n'aviez pas eu le temps de confirmer votre venue sachez que pour autant vous êtes le bienvenu à l'heure de votre choix ce soir au Ramstar de Rio où j'aurais le plaisir de vous présenter Donovan S., sa vache Anastasia et Mademoiselle Minouche Atouvat.

Votre bien dévouée Winnifred Apy,
directrice du développement du groupe Ramstar.

La soirée est un succès, la simple odeur de la viande suscite la joie dans l'assistance, et chaque bouchée dégustée allonge la liste des carnivores addicts. Donovan découpe et enchaîne les interviews, Antoine grille sans relâche. Anastasia, accompagnée d'Athénaïs, sort régulièrement de son étable pour faire une petite promenade dans le patio et salue noblement l'assemblée quand elle y retourne.

À un moment, je trouve qu'il y a beaucoup de viande distribuée quand même ce soir, il y a de plus en plus de monde à cette soirée. Donovan me dit qu'il a pris sur lui d'en reprendre dans le stock consacré à la vente car il voit bien qu'il leur donne le bonheur.

Voyons Donovan le bonheur a un prix ! Elena détends-toi.

La soirée se termine : on a donné une vingtaine d'interviews à de prestigieux journaux locaux et internationaux, le fils de Monsieur P. n'est pas venu et je dis à Winnifred qu'elle peut quitter la porte du regard à mon avis c'est marre. Donovan a déclenché une quarantaine de conversions à la viande auprès des veggies brésiliens, des centaines de Cariocas sont tombés amoureux ou de Donovan ou de Minouche ou d'Anastasia selon leurs inclinations naturelles et Ramstar a fourni trois cents bouteilles de Chasse-Spleen.

Pourtant, bizarrement, on n'a pas beaucoup de rendez-vous pour la semaine. En revanche, on a été invités partout, toute la haute société de Rio veut nous avoir à dîner cette semaine, on n'a pas un soir de libre.

Le réveil du lendemain, c'est selon… Je fonce dans les cuisines de l'hôtel vérifier la viande et je ne suis pas déçue, il reste juste de quoi fournir une dizaine de clients et encore, des petits mangeurs.

Toutes les réserves ont été épuisées hier soir et j'ai envie l'espace d'un millième de seconde, dans un affreux moment d'égarement, de buter Donovan. Quelqu'un peut me dire s'il reste du Chasse-Spleen ? Je descends dans le patio mon verre à la main, je vais me réfugier auprès d'Anastasia et je pleure un bon coup. La fatigue du décalage horaire, le mal du pays, comment on va faire ?

Donovan se réveille en début d'après-midi et ne voit pas trop le problème : on n'a qu'à faire un réassort en direct du Domaine, sauf que non la matière première n'est pas inépuisable les boutiques aussi ont besoin de viande et le transport est trop long trop cher. Il objecte qu'on va avoir tant et tant d'articles de presse que sa notoriété va tout simplement exploser et les clients vont juste pleuvoir par milliers. Oui, OK, mais on leur vend quoi aux clients ?

Écoute chérie t'es pas positive et j'ai horreur de ça, relis un peu *Les Quatre Accords toltèques*, moi je vais faire un tour au carnaval pendant que tu trouves une solution, qui m'accompagne ? Athénaïs et Antoine guettent ma réaction, allez-y, au moins on est sûrs de ne pas le perdre. Personne n'a encore vu Minouche qui a beaucoup besoin de repos vu qu'hier elle a quand même terminé la soirée par une samba endiablée dans les bras de Donovan sous les yeux ahuris d'Anastasia, légèrement jalouse, qui essayait bien de faire pareil, mais c'était pas possible, Athénaïs ne lui ayant pas appris. Winnifred me rejoint et me réconforte. On fera mieux la prochaine fois, est-ce que j'ai vu à quel point la viande de Donovan a enchanté la haute société de Rio ? Elle n'arrête pas de recevoir des mails et des appels de Cariocas hystériques qui souffrent déjà du manque, surtout la comtesse Seu Culo qui à plus de quatre-vingts ans sous l'effet d'un blanc de poulet a passé la nuit à danser le french cancan. Elle veut revenir aujourd'hui et danser avec Donovan.

Je dis à Winnifred qu'on n'a plus rien à vendre, que ça craint totalement. Elle sourit, pourquoi veux-tu vendre ? Les Cariocas veulent encore goûter pour comprendre le mystère, on leur donne du rêve, ils ne pourront plus se passer de Donovan et ça finira par rapporter de l'argent, mais après.

Tiens en parlant de rêve, tout à coup je bondis : reste-t-il suffisamment de Philibert pour le séjour de Minouche ? On fonce aux cuisines et la réponse est oui, mais tout juste, ouf.

Devant l'hôtel on entend des clameurs, c'est Donovan qui revient de son petit tour avec Antoine et Athé mais aussi avec tout un cortège de Cariocas qui ont entendu parler de la soirée d'hier et qui veulent voir toucher goûter la viande mais aussi pourquoi pas Donovan et Minouche.

Ça danse, ça chante, on comprend qu'ils veulent aussi voir Anastasia.

Ils scandent son nom, menés par Donovan qui, enivré par son succès de la veille et par les caïpirinhas qui apparaissent mystérieusement dans son verre, s'autocélèbre joyeusement : Do-no-van A-nas-ta-sia Do-no-van A-nas-ta-sia ! On entend Minouche qui déboule dans le hall reprendre en chœur la scansion du moment : Do-no-van A-nas-ta-sia Do-no-van A-nas-ta-sia ! Elle est accueillie par des hourras et rejoint vite fait le petit groupe qui hurle maintenant : Do-no-van A-nas-ta-sia Mi-nou-che !

Anastasia finit par mugir comme une dingue du fond de son patio, elle aussi entend Donovan et ne peut résister. Athé va la chercher et tout ce petit monde décide de se rendre au pied du Corcovado.

Winnifred veut venir aussi, on ne sait jamais qui on croise dans des coups pareils.

J'objecte tout un tas de trucs que personne n'écoute, comme par exemple il fait trop chaud pour Anastasia, elle ne pourra jamais monter dans le petit train, il vaudrait mieux qu'on se pose pour trouver une solution pour faire rentrer de l'argent pendant le séjour.

C'est donc une véritable procession qui se met en route mais, comme c'est carnaval à Rio, ça n'étonne pas grand monde. Athé marche fièrement en tête tenant Anastasia par une longe, suivent Donovan, Minouche et Antoine, puis une nuée de Cariocas déchaînés et enfin trois ou quatre journalistes qui couvrent comme ils peuvent cet aspect jusque-là inédit du carnaval.

Je remarque qu'Anastasia essaie de soulever les sabots en rythme, j'ai bien vu qu'hier soir elle voulait danser la samba, je la connais, elle est têtue, m'étonnerait pas qu'elle y arrive avant qu'on quitte le pays. C'est par un curieux effet, déjà décrit par Pierre Corneille, que nous arrivons à plus de cinq cents au pied du petit train qui mène au Christ Rédempteur. Vu l'état dans lequel on se trouve, il faut reconnaître qu'une petite visite spirituelle ne peut pas nous faire de mal. Anastasia a quelques difficultés à monter dans le train, mais grâce aux encouragements de tous, sous la poussée d'Athé et la traction de Donovan, elle finit par réussir et, triomphante, elle beugle immédiatement sa victoire la tête à la fenêtre.

Minouche sursaute à chaque fois qu'Anastasia fait ça. On monte on boit on danse on redescend. Anastasia tient bien le coup.

Il y a de plus en plus de gens qui nous accompagnent, et quand on revient à l'hôtel la police de Rio nous ouvre le chemin pour éviter l'émeute. Donovan s'incline vers la foule avant de rentrer dans le hall et il ne sert à rien de se cacher que ce sont des cris de détresse qui accueillent son départ. J'explique à la foule que le Maître a besoin de repos et Anastasia aussi, qu'ils reviendront, mais plus tard.

Chapitre 15

Oui, il faut à tout prix qu'on se repose, ce soir on dîne chez la comtesse Seu Culo. Elle vient d'appeler l'hôtel, elle a laissé un message : ce qui serait bien c'est qu'on vienne au dîner avec de la viande de Donovan.

Ah ça non, il n'en reste pas suffisamment ou alors elle la paye sa viande la comtesse. Donovan ne comprend pas mon raisonnement, comment puis-je être aussi terre à terre ?

La comtesse va devenir accro, elle réclamera toujours plus de viande, il faut que je voie plus loin. C'est vrai, je reconnais, je ne vois pas toujours plus loin que le rapprochement bancaire, car quand il n'y a plus de cash, je dois dire non à Donovan et il déteste ça. Et bien entendu on part chez la comtesse avec du Philibert sous le bras. La comtesse vit dans un immense appartement qui semble figé dans le temps. On traverse de grandes pièces meublées avec ce qu'il y avait de plus chic en plein milieu des années soixante-dix, on a l'impression que la comtesse s'est réveillée après avoir dormi quarante ans. Elle approche je pense des quatre-vingt-cinq ans et nous fait visiter les chambres de ses enfants partis, d'après elle, étudier à l'université.

Ouais… partis étudier il y a un petit moment quand même, mais le tact universel de Donovan nous permet de ne pas manifester notre surprise : très chère le départ de ceux qu'on aime est toujours un déchirement, comme vous êtes courageuse.

C'est manifestement la première fois qu'on dit à la comtesse Seu Culo qu'elle est très courageuse et je vois qu'elle se rengorge de surprise et finit par dodeliner comme un petit chien de banquette arrière. Elle est ravie qu'on ait apporté du Philibert parce qu'en guise de dîner la bonne a préparé un kilo de coquillettes ça va bien ensemble.

On boit une espèce de piquette dans des verres Duralex, pas de Chasse-Spleen ce soir. Après avoir vidé plusieurs bouteilles de cette affreuse boisson et bien mangé son agneau, la comtesse se lève, théâtrale, et nous annonce que si son mari était brésilien elle est d'origine grecque et que ce soir c'est sirtaki pour tout le monde.

Avant qu'on ait eu le temps de dire ouf, la voilà partie à lancer les Duralex au sol pour nous montrer ce qu'elle sait faire, car le sirtaki c'est pieds nus sur du verre brisé quand t'es comtesse. Pas facile de péter un Duralex, on s'y reprend à plusieurs fois et finalement elle entame laborieusement un sirtaki branlant soutenue par Minouche complètement dopée à l'agneau et par Donovan qui a bu exactement la même chose qu'elle. La musique grecque qui résonne dans ce grand appartement fantôme, la bonne qui sert des coquillettes, les pieds en sang de la vieille comtesse, j'ai l'impression d'être entrée dans un film de Peter Greenaway. Jamais de sa vie la comtesse ne deviendra une cliente de la Maison S. ; elle est tout à fait ruinée.

J'attrape Minouche Donovan Athénaïs Winnifred Antoine et hop hop hop c'est l'heure d'aller au lit. On couche même la comtesse en partant pour faire taire les supplications de la bonne qui pleure parce que toute seule c'est trop dur.

Le lendemain matin, réveil en fanfare, la presse brésilienne glissée sous la porte de nos chambres affiche Donovan et Minouche en une, de ce point de vue l'opération *Donovan S. all over the world* est un succès. Rien ne manque : l'arrivée à l'aéroport devant le jet, l'interview de nos deux artistes pendant le cocktail, la photo d'Anastasia dans le patio, la photo d'Anastasia au Corcovado, Minouche qui danse avec Donovan, Winnifred qui pose sourire maximum devant l'entrée du Ramstar Rio. Couverture plus quatre pages intérieures dans l'*O Globo*, et ce n'est que le début. Donovan et Minouche ont été interviewés par tous les hebdomadaires branchés. Donovan est absolument aux anges : alors ma chérie que va-t-on faire aujourd'hui ? On n'est pas sur-occupés, on a en tout et pour tout trois pauvres rendez-vous confirmés pour les jours à venir et les frigos vides donc on va dire que l'offre et la demande sont raccord.

Minouche intervient pour dire qu'elle ne voudrait pas être désagréable, mais comment se fait-il qu'on s'interroge alors que là, sous nos yeux, il y a quand même une vache dont le destin a toujours été de finir dans des assiettes. *Bumboclaat*[1] ! on dirait qu'elle vient de tirer un coup de feu. Donovan et Athénaïs ont bondi de leur chaise sous l'effet de l'émotion. Mais attention, c'est Minouche Atouvat que nous avons là, une star planétaire qui représente la caution du tour du monde, une amie certes, mais avant tout un produit précieux. Donovan se rassoit rapidos sous mon coup d'œil appuyé. Athénaïs court rejoindre Anastasia, elle sent qu'elle ne va pas réussir à garder son calme.

Donovan explique très gentiment à Minouche que ses bêtes ne partent rejoindre les assiettes que lorsqu'elles ont entre deux et trois ans, que lorsqu'elles sont prêtes, que lorsqu'il l'a décidé et

1. Juron jamaïcain relativement intraduisible qui exprime la surprise et la colère, sensiblement comparable à « bordel de merde ».

toujours absolument toujours dans le sublimateur du Domaine selon le protocole immuable qu'il a conçu, elle le sait bien pourtant. Et puis ne voit-elle pas la belle amitié qui se tisse lentement entre elle et la bête ? Non Minouche ne voit pas trop bien de quoi Donovan parle, mais enfin bon, après tout elle s'en fout, elle disait ça comme ça juste pour rendre service, tant qu'il reste du Philibert et qu'on va à la plage...

C'est un peu tendu à mon goût tout ça, je commande une bouteille de Chasse-Spleen qui ramène la sérénité en un temps record. Tout bien considéré il fait beau, on a dégagé l'équivalent d'un demi-million d'euros de publicité selon la valorisation des articles de presse, Monsieur P. va être ravi, Winnifred a reçu les félicitations du CEO de Ramstar et est au top de sa forme, Karine m'assure que tout va bien à Paris, oui allons à la plage. On a toute la journée devant nous puisque nos rendez-vous c'est demain. Ce soir quelques notables Cariocas qui se trouvent être de très gros clients de l'hôtel viennent dîner avec nous. C'est très important pour Winnifred de les recevoir correctement.

Chapitre 16

Cette ville est incroyable, à peine sort-on de l'hôtel qu'une nuée d'admirateurs se jette sur nous, ils n'ont pas pu aller au Corcovado hier peuvent-ils venir à la plage avec nous ?

On explique qu'Anastasia se repose, on veut rester discrets, juste un bain de soleil tranquille. Le Brésilien ne connaît pas le mot tranquille, je m'en rends très vite compte. Et Donovan ne résiste plus au son d'une batucada, il s'agite sur place, du bonheur plein les yeux, vraiment quelle heureuse nature.

Avec toute la couverture presse qu'on a aujourd'hui c'est vraiment son jour. Chaque Carioca qui le voit passer demande où est la vache. Minouche est acclamée et même portée à bout de bras sur quelques mètres avant d'être posée devant la mer, telle Amphitrite. L'impression générale c'est que le monde est à nous. Voire même que le monde nous attend. Et après quelques verres, nous sommes tout simplement le monde.

Je me demande vite fait si on ne serait pas mieux avec un ou deux gardes du corps pour Minouche mais bon je verrai ça plus tard. Allez, faut rentrer, ce soir on travaille, il y a le dîner de Winnifred. Athénaïs prépare Anastasia qui manque d'exercice. Elle agite bizarrement ses membres ça commence à inquiéter Athé.

Une dizaine de personnalités locales influentes nous attendent près du gril. Dis donc Winnifred on va leur servir quoi exactement, tu as bien prévu une autre viande ? Donovan n'aime pas trop travailler de la viande qu'il n'a pas élevée même s'il arrive à en changer la couleur rien qu'en la touchant. Évidemment il arrive aussi à la rendre meilleure qu'elle ne le serait si elle ne passait pas dans ses mains. Et vu les circonstances ce serait bien assez. Winnifred affiche direct son petit sourire riquiqui, elle attendait que je lui en parle, un tout petit bout de faux filet s'il te plaît, on va faire des lamelles.

Je commence à maîtriser une nouvelle technique de respiration depuis que je suis montée dans le jet de Monsieur P., profonde et ample, une vague d'oxygène pour nettoyer l'angoisse.

Je fais ça vite fait deux ou trois fois sous les yeux pleins d'espoir de Winnifred et je cède, parce qu'au fond, on ne peut quand même pas mentir sur le fondamental, sur la viande sacrée, mais Winnifred je t'en supplie arrête donc d'inviter tout le monde comme ça. Athénaïs surgit opportunément avec Anastasia dans le patio. Donovan découpe sa viande Antoine la cuit Minouche sourit Winnifred sourit, les Brésiliens sont complètement pétés au Chasse-Spleen.

Au moment du dessert, une douce samba résonne dans l'hôtel. Donovan et Minouche ne peuvent résister à l'appel du chant magique et commencent à danser. Et là, truc de fou, Anastasia qui tourne toujours dans le patio avec Athénaïs meugle soudainement, commence à remuer les jambes et l'arrière-train et je suis obligée de constater, comme tous les gens présents ce soir-là, qu'Anastasia danse la samba, oui, la samba. Ses sabots parfaitement cirés claquent sur le sol parfaitement en rythme, elle se dirige vers la sortie de l'hôtel et ma foi, elle se débrouille vraiment bien. Passé la stupéfaction, applaudissements et encouragements retentissent bientôt et un cortège se forme tout naturellement derrière la bête.

Les Cariocas sont super-forts en cortège : cette fois-ci c'est d'abord Anastasia et Athénaïs, puis Donovan Minouche puis Antoine Winnifred et moi, puis les notables du dîner, puis en moins de temps qu'il n'en faut pour le dire quelques centaines de parfaits inconnus qui pensent nous connaître vu qu'on était dans les journaux.

Anastasia est ravie, elle danse la samba tout au long de notre promenade qui finit par nous mener jusqu'au jardin botanique de Rio. Les grands arbres, la fraîcheur de la végétation, les pelouses vertes et bien hydratées, tout ça rappelle à Anastasia son Aubrac natal, elle redouble d'ardeur et de rythme tandis qu'un cercle se forme autour d'elle et qu'une espèce de transe hypnotique envahit les danseurs.

Donovan danse avec elle, Minouche danse avec, à dire vrai, je ne sais pas trop qui, faudra vraiment que je regarde pour ces gardes du corps.

Le retour à l'hôtel se fait tard dans la nuit et je ne sais pas où est Antoine, la dernière fois que je l'ai aperçu il était au bras d'un sublime jeune homme et c'était pas le dernier à crier : vas-y Anastasia vas-y.

Toujours pas d'Antoine quand je me réveille et Donovan est de mauvaise humeur, comment je vais travailler sans lui aujourd'hui ? Je dis : Antoine ne va pas tarder, je dis : sinon on est là et je dis aussi un petit truc du style : au pire tu découperas tout seul. Donovan me lance un regard furieux et il assène, c'est hors de question, pas d'Antoine pas de rendez-vous. Interloquée j'insiste, voyons Donovan je sais très bien choisir le papier de soie de la bonne couleur, Athé peut apporter les couteaux et Ramstar nous prêtera un cuisinier.

Est-ce l'émotion d'avoir vu Anastasia danser la samba, la fatigue liée à la chaleur ou bien que sais-je encore, mais Donovan boude et s'entête que je ne peux pas comprendre, que le chiffre d'affaires c'est pas tout dans la vie et qu'est-ce que je fais de l'art de la viande il aimerait bien le savoir s'il te plaît.

Au moment où la conversation pourrait prendre une tournure franchement désagréable, Antoine surgit de nulle part complètement décoiffé, équipé d'un sourire gêné respectueux désolé spécial Papa et Maman. Il ne sait plus très bien le pauvre garçon ce qui s'est passé hier soir, mais il s'est réveillé dans une favela à flanc de colline, le temps de se remettre et de retrouver l'hôtel le voilà.

Je comprendrai plus tard dans la journée ce qui a mis Donovan de si mauvaise humeur : il a dansé comme jamais hier soir au jardin botanique avec ses cuissardes fauves, il avait les pieds tout gonflés en rentrant à l'hôtel, impossible de retirer les cuissardes, il n'a pas pu demander un coup de main à Antoine et n'a pas osé demander à quelqu'un d'autre.

Il a donc tout simplement dormi avec.

Chapitre 17

Notre premier vrai client est une jeune top model brésilienne qui a entendu dire que manger la viande de Donovan empêche la formation des rides précoces. Elle demande à Donovan s'il peut lui préparer des petites portions et est-ce qu'elle pourra les congeler, aussi est-ce qu'on a testé scientifiquement l'amélioration cutanée dont on lui a parlé ?

On ne manque en général pas d'à-propos avec Donovan mais celle-là, on ne l'a pas vue venir. Inutile de tester très chère, vous n'avez qu'à regarder la bonne mine de mon équipe.

Normalement, on a tous évidemment tout à fait bonne mine mais, à vrai dire, à enchaîner les excès, plutôt moins à cet instant précis qu'à un autre. En plus Minouche n'est pas là, ça ne nous aide pas, mais si elle adore danser manger c'est une autre affaire de regarder Donovan travailler pour une autre, il ne faut pas exagérer.

La jeune femme nous dévisage les uns après les autres tandis qu'on essaie tous de copier sur Winnifred qui sourit solaire, impeccable. De toute façon la cliente a vu la viande, elle la sent et rien qu'avec ça elle prend déjà des couleurs, c'est bon c'est parti. Elle veut acheter tout ce que nous acceptons de lui préparer. Elle goûte un peu sur place et déclare sur-le-champ que si nous n'ouvrons pas bientôt une boutique à Rio elle emménagera à Paris.

Est-ce qu'on peut la prendre en photo avec Anastasia pour son compte Instagram ? On peut, on fait, elle a du mal à nous quitter, elle sent que son épiderme est complètement rebondi avec juste quelques bouchées et justement elle a rendez-vous pour une séance photo organisée par le *Vogue* Brésil.

Au moment de régler la viande elle susurre : et si je précisais au *Vogue* que je vous dois ma mise en beauté, s'il était écrit que j'ai mangé de la Milena préparée par Donovan S., peut-être pourrais-je payer ma viande ainsi ? Surprise et colère me donnent la chair de poule, Donovan évite mon regard et c'est très mauvais signe. Il ne résiste pas à ce genre d'arguments, son nom dans *Vogue*, non mais quel boucher peut prétendre avoir été cité dans *Vogue* je te le demande ? Winnifred trouve que c'est une bonne idée, surtout si on rajoute dans le *Vogue* que la Milena a été préparée par Donovan à l'hôtel Ramstar.

Si c'est comme ça il faut aussi dire qu'elle a été transportée jusque-là par le groupe P. Qu'à cela ne tienne, la top model prend le sac des mains d'Antoine, acquiesce et promet, elle va dire tout ça à la rédaction dès qu'elle arrive sur le plateau, merci merci cette viande est trop bonne, à très vite cher Donovan passez tous une bonne journée !

On enchaîne avec un célèbre industriel local qui voudrait une belle côte de bœuf, mais si ça ne dérange pas Donovan il faut qu'il vérifie l'énergie qui se dégage de la viande et pour ce faire, il a amené son pendule. Il en reste une seule de côte de bœuf, j'espère qu'elle va bien réagir. À peine l'homme s'approche-t-il de la viande que son pendule se met à bouger violemment et horizontalement, il n'en revient pas, qu'est-ce que c'est que cette viande de dingue Donovan, qu'est-ce que vous mettez dedans ?

Mon savoir-faire cher Monsieur et mon amour pour les bêtes, que du naturel, puis-je découper maintenant ? Le pendule tourne maintenant à vive allure, j'ai peur qu'il ne blesse Donovan. Triomphant, celui-ci saisit ses couteaux et le pendule est maîtrisé pour rejoindre la poche de son propriétaire, mais on voit bien qu'il a du mal à rester calme et, régulièrement, l'homme donne une petite tape agacée sur sa poche. Il règle sa viande sans autre formalité et on est tous très surpris, incroyable, un client qui paie !

Donovan propose qu'on aille tout de suite fêter ça en se promenant à Ipanema avec Anastasia. On a encore un client Donovan et une dizaine de blancs de volaille en tout et pour tout, concentrons-nous sur ce qu'on peut encore sauver. Bon si tu veux mais on se dépêche.

C'est un couple ordinaire qui nous achète les derniers morceaux de poulet. Sans faire de manières, ils se contentent d'expliquer à Donovan qu'ils sont là sur la recommandation du gynécologue de Madame, car après quatre fausses couches l'éminent spécialiste ne voit plus que la viande de Donovan pour permettre la nécessaire division cellulaire qui refuse obstinément d'avoir lieu.

Ils sont charmants et nous sommes profondément bouleversés, ils demandent à Donovan s'il accepte d'être le parrain de l'enfant si jamais ça marche. Nous finissons par un moment de recueillement dans le patio, autour d'Anastasia, tous main dans la main, Donovan est radieux, il le sent : la viande va donner la vie.

Les frigos sont maintenant absolument vides si ce n'est les doses de Philibert requises pour Minouche. Le carnaval bat son plein, Anastasia danse la samba, les articles de presse continuent à paraître dans tout le pays, asseyons donc notre notoriété, marchons dansons et profitons de ce que la vie nous donne là tout de suite ici et maintenant. Chasse-Spleen pour tout le monde !

Trois jours plus tard et je lui en sais tellement gré, c'est grâce à Minouche qu'on arrive à quitter Rio : elle en a marre de toute cette chaleur et il n'y a plus d'agneau.

Le voyage du retour se déroule sans incident, enfin presque, Minouche demande dès qu'on monte dans l'avion si on peut éteindre Anastasia, en fait elle n'osait pas le dire à l'aller mais elle ne supporte pas quand Anastasia fait caca et elle n'a pas envie de rester enfermée dans sa cabine tout le voyage. On obtempère, on ne va pas risquer de contrarier Minouche dont on a tant besoin.

À peine Athénaïs appuie-t-elle sur l'interrupteur qui isole la bête que celle-ci meugle à perdre haleine. Tant et si bien qu'Athénaïs et Donovan partent en trombe à ses côtés, et c'est grâce à une idée originale d'Athénaïs que nous obtenons enfin le calme : elle scotche rapidement sur les murs de la cabine les articles de presse brésiliens, et de se voir ainsi affichée au mur apporte immédiatement la sérénité à cette vache épuisée nerveusement.

Chapitre 18

Karine et José sont ravis de nous revoir, les bouchers aussi, je suis trop contente de rentrer chez moi et Anastasia retrouve le Domaine avec bonheur. Donovan constate un truc que j'avais en tête depuis un moment : chez lui vivent Karine et son mari. Bien sûr il y a de la place pour trois en se tassant, mais Donovan n'est pas sûr d'avoir envie de vivre avec eux.

Cela semble inélégant et un brin compliqué de proposer une alternance à Karine qui attaque son dernier trimestre de grossesse. Elena ma chérie, et si j'allais vivre à l'hôtel Ramstar ? Bien sûr que non tu ne vas pas vivre à l'hôtel, c'est cher et pas pratique, loin de la boutique et du bureau. Oui, mais c'est tellement génial. Demande donc à Winnifred si on ne peut pas avoir un tarif préférentiel. Winnifred, mon intuition me dit qu'il faut pas trop tirer sur sa corde, là comme ça, après le voyage à Rio, elle est comme tout le monde la pauvre, elle a besoin de repos, d'autant qu'elle n'a même pas vu le fils de Monsieur P.

Donovan a une deuxième idée de génie : ta chambre d'amis ma chérie ! C'est tellement difficile de se quitter quand on a été ensemble vingt-quatre heures sur vingt-quatre si longtemps, ça va trop nous faire du bien. Bon, va pour la chambre d'amis. De toute façon, on repart bientôt, et à Gstaad cette fois-ci.

D'ici là le planning est chargé car les fidèles clients de Donovan l'ont attendu pour acheter leur viande et c'est comme cela que je constate que le chiffre d'affaires de la boutique a chuté de cinquante pour cent depuis qu'on est partis.

On reprend un peu une discussion que nous avons déjà eue avec Donovan : il doit amener tous les bouchers à son niveau, sinon, ça ne marchera pas, sinon, Donovan ne peut pas quitter la Maison S., même pas pour quelques jours, même pas pour danser la samba. Je sais qu'être remplaçable ou duplicable ne fait au fond pas plus envie que cela à Donovan. Ce sont des notions purement économiques mais qui vont à l'encontre de l'intention artistique, qui est, doit-il me le rappeler, son seul moteur ? Il a le don et un plus grand don que les autres, alors normal qu'il soit meilleur qu'il soit plus cher qu'il soit le seul. Il est d'ailleurs lui-même régulièrement surpris par ses propres talents.

Et puisque nous sommes tous les deux, il peut bien me le dire, en ce moment Donovan se trouve épatant : ce tour du monde en jet c'est tout simplement remarquable, cette notoriété qui devient planétaire ça n'a pas de prix et le travail que nous avons accompli tous les deux ces dernières années, tout simplement *priceless* aussi, je te remercie tellement Elena.

Il n'en faut pas plus pour me remettre en selle, parce que comment ferait-il si je n'étais pas là ? Le voir satisfait suffit à me donner tous les courages, allez on le termine ce tour du monde.

On reste une quinzaine de jours en France entre chaque destination, le temps nécessaire pour qu'Anastasia redevienne une vache normale. Ce qui est de plus en plus difficile car elle découvre et apprend tellement de choses en voyageant : après la samba à Rio, Anastasia veut à tout prix être attelée à Gstaad pour promener son Donovan en calèche comme les chevaux.

À New York, elle adore le Brooklyn Bridge et Athénaïs passe de longues heures à le traverser à ses côtés dans un sens, puis dans l'autre, comme le faisaient les éléphants qui testaient sa solidité quand on l'a construit. Personne ne sait comment la vache a pu être au courant d'une histoire pareille.

À Caracas, elle découvre le rhum ambré sur un malentendu, Athénaïs ayant laissé son verre dans son étable, et elle en réclame du matin au soir.

À Abu Dhabi, elle se sauve une nuit car la bible d'Anastasia a donné lieu à des interprétations fantaisistes : l'hôtel lui a installé son étable en bord de mer et elle ne supporte pas le bruit des vagues. On court dans le désert pendant des heures avec Donovan et Athénaïs pour la retrouver. Elle a rejoint tant bien que mal un troupeau de chameaux qui font semblant d'être sauvages et nous avons les pires difficultés à obtenir qu'elle nous suive.

À Moscou, elle a peur de tout, cette ville n'est pas accueillante et puis ça a mal démarré, la douane moscovite l'a gardée plusieurs heures car le carnet ATA était prétendument mal rempli : en fin de compte ils attendaient qu'on comprenne tout seuls qu'il fallait leur donner un pot-de-vin. Elle était tellement stressée, la pauvre, qu'elle s'est bloqué l'arrière-train, on a dû faire venir un mage ostéopathe gemmologue qui l'a soignée à coups de massages et d'apposition de pierres précieuses et Donovan a dû beaucoup chanter.

À Beijing, on n'a pas pu la sortir de l'hôtel car on sentait que les Chinois voulaient tous la manger. Athénaïs a dû monter la garde nuit et jour auprès d'elle, sauf le jour où on a visité toute la ville en side-car : étant donné que ça allait vite on avait pris le risque de l'emmener, bien attachée au côté d'Athénaïs elle a adoré ça.

À Kyoto, on pense qu'ils voulaient tous la manger aussi, mais comme les Japonais n'avouent jamais rien, c'était juste une intuition qu'on a préféré pas vérifier et on l'a tout le temps surveillée de près. Elle a été un petit peu malade car elle a mangé toutes les fleurs des cerisiers qu'elle a croisés, mais, à ce stade du tour du monde, Donovan lui cède tout. Elle a vite compris où se trouve l'interrupteur qui éteint sa cabine dans le jet et elle a géré ça toute seule pendant tous les voyages.

Elle adore les flashs et pose comme personne devant les photographes, profil gauche, profil droit. Minouche et elle, c'est un peu compliqué tout le temps car Anastasia est jalouse de l'attention que Donovan porte à Minouche, donc, en gros, elle veut tout faire comme elle.

Elle finit par faire pas mal sa maligne quand elle revient au Domaine et les autres bêtes commencent à la trouver bêcheuse. Il faut effectuer des stages de réintégration après chaque voyage et plus le temps passe moins elle se réintègre. Athénaïs ne la reconnaît plus et au bout de quelques mois à ce rythme-là, Anastasia refuse toute activité en rapport avec sa condition, par exemple brouter paisiblement avec ses copines et changer d'herbage. Il faut insister négocier chanter ordonner masser promettre et, ma foi, souvent menacer d'être privée de tour du monde. Ça l'a crevée Athé tout ce trafic. Elle compte qu'elle a plus souvent dormi auprès de la vache que dans son lit et on sent qu'elle se demande, mais vraiment un tout petit peu, qu'est-ce que je fous là moi est-ce que quelqu'un peut seulement me le dire ? Elle regarde toujours Donovan avec la même admiration dévouée, mais moins longtemps.

Je sais d'expérience qu'aucun employé de la Maison S. ne peut se permettre de se poser ces questions dangereuses, que d'ailleurs avec Donovan nous interdisons formellement pour des raisons différentes, lui, parce qu'il ne les comprend pas, moi, parce que je n'ai pas toujours la réponse.

Donc Athénaïs a nourri attaché détaché promené rééduqué rassuré la vache aux quatre coins du globe et total : celle-ci se prend pour une star !

Il n'y a que l'objectif d'un photographe qui la met au pas et s'il n'y avait qu'elle, Anastasia serait sublimée sans plus attendre et tout rentrerait dans l'ordre. Elle est éleveuse, bordel d'Adèle, pas dompteuse.

Le pompon c'est quand on lui a demandé d'organiser une *dhabiha* pour halaliser la viande qu'on emmène à Abu Dhabi ! Elle a dû apprendre la formule magique mais se résoudre à sublimer sans la seringue qui endort ça a été très difficile, ils ont dû faire ça sous Chasse-Spleen avec Georges et

Gilbert et Donovan n'a pas voulu qu'on lui en parle, c'est trop terrible d'imaginer sa bête affronter la mort. Athénaïs m'a confié qu'ils avaient discrètement mis la bête sous Chasse-Spleen aussi, ça c'était pas précisé si on avait le droit et c'est vrai qu'elle était vraiment bonne la viande à Abu Dhabi.

Elle n'en peut plus du tour du monde, d'autant qu'après Rio, Donovan lui a gentiment demandé de s'épiler le menton : lui ça ne le gênait pas, il avait l'habitude, mais ce petit contre-jour sur les photos parues dans la presse, c'était quand même fatal à son image elle pouvait le comprendre sans peine non ? Vu sa tête elle a un peu de peine, j'en jurerais, mais le talent de Donovan c'est qu'au final non seulement elle s'épile, mais en plus elle a l'impression que c'est mieux, alors elle remercie.

Chapitre 19

Antoine est finalement venu avec nous à chaque destination. J'étais contre au début, mais son professionnalisme, sa constance et sa bonne humeur me sont vite devenus indispensables tout au long du tour du monde. Il a toujours fait de son mieux tout à fait naturellement, sans même avoir fait le lien avec le quatrième accord toltèque, ce qui force l'admiration, la mienne, mais surtout celle de Donovan.

Il y a bien eu deux ou trois petites disparitions nocturnes, mais, enfin, on l'a toujours retrouvé. Il a fallu sévir un peu à partir de Gstaad : la gouvernante en chef du Ramstar m'a appelée un matin très embêtée de m'annoncer que Monsieur Antoine avait encore bu toutes les mignonnettes du bar de sa chambre cette nuit et même, elle le craignait, l'after-shave à sa disposition dans la salle de bains. Ce n'était pas compris dans les *courtesies* dont nous bénéficions, elle en était bien désolée, pouvait-elle compter sur moi pour régler le problème ?

On l'a réglé d'un coup le problème, la chambre d'Antoine est désormais préparée *alcohol free* et il n'a le droit de boire que le Chasse-Spleen officiel. Également je le géolocalise discrètement à chaque fois qu'il quitte l'hôtel, ça m'évite de mal dormir.

J'ai souvent besoin de lui pour protéger Donovan de la foule ou bien du chef du Ramstar. Il y en a plus d'un qui a pris ombrage d'avoir Donovan S. à proximité de ses cuisines. On a beau leur expliquer que Donovan est boucher, pas cuisinier, cette viande qui n'a besoin de rien pour être exquise c'est très énervant pour eux. Et puis tout ce monde qui se déplace en masse avec ferveur pour un cocktail, non mais n'importe quoi.

Est-ce à cause d'un chef en colère ou un simple concours de circonstances, on ne sait pas, mais quand il n'y a pas de clients Antoine s'entraîne avec Donovan et ses couteaux. C'est tout nouveau et très flippant, ça leur a pris à Abu Dhabi : Antoine se colle avec passion contre un mur et Donovan follement concentré lance ses couteaux tout autour.

À chaque fois que la lame effleure Antoine je hurle un petit peu. Il me demande s'il peut avoir une tenue de scène, un tutu peut-être pour protéger ses hanches. J'aime faire plaisir et je n'oublie pas *Un pantalon pour mon ânon*, mais le tutu ça ne va pas être possible, je suis sûre qu'Anastasia va en vouloir un et on a assez de travail comme ça, on aura jamais le temps de le lui enfiler. Et puis ça abîme les couteaux ce petit jeu à la con, c'est de l'acier de Damas quand même !

Donovan est d'accord là-dessus et voilà que maintenant il leur faut un panneau de liège de trois mètres carrés installé dans chaque hôtel. Je sens que Donovan est à deux doigts de se faire photographier en plein lancer, il aimerait bien par exemple pouvoir projeter son nouveau don sur les écrans des boutiques de la Maison S. Heureusement Winnifred vient à ma rescousse, elle ne sourit que d'un côté : elle rêverait de nous aider mais elle n'a pas les contacts avec la presse spécialisée arts du spectacle, nouveau cirque ni même renaissance du monde forain donc si on peut rester concentrés sur le luxe et la viande comme on avait dit, merci beaucoup.

D'ailleurs, à ce sujet, elle a plein de soucis, la presse française se fait tirer l'oreille pour parler de Donovan et du tour du monde. À l'étranger, ça se fait tout seul, Donovan Minouche Anastasia ont un succès fou mais, chez nous, eh bien Winnifred a le regret de nous annoncer que comme on achète pas d'espace publicitaire dans les journaux du groupe Envieu, le groupe Envieu ne veut pas couvrir l'événement.

Je ne comprends pas, le groupe Envieu c'est quatre ou cinq magazines qui traitent du luxe, de l'innovation et de la gastronomie, c'est impossible de passer à côté du tour du monde de Donovan S. Si c'est totalement possible, dit Winnifred, si on n'achète pas de publicité dans leurs magazines et ben on y sera pas en rédactionnel un point c'est tout. Personne ne le sait mais le groupe Envieu a toujours fait comme ça et ils s'en portent bien, permets-moi de te le dire !

Même avec le jet de Monsieur P. ? Winnifred reconnaît que là, normalement, ça devrait être différent, elle va bien regarder l'espace acheté par le groupe P. pour faire pression sur Envieu. Tiens en parlant de ça, bien qu'invité systématiquement à chaque cocktail d'inauguration, le fils de Monsieur P. n'est toujours pas venu, on attaque la dernière ligne droite du tour et même pas la queue du loup !

Winnifred est très déçue. Les messages de Winnifred au fils de Monsieur P. sous l'effet de la fatigue accumulée donnent maintenant à peu près ça :

Cher petit Monsieur P.,

Je me disais que peut-être ce soir vous seriez à Moscou. Ou bien à Abu Dhabi le mois prochain. Quoi qu'il en soit je serais décidément et pour toujours ravie de vous présenter Donovan, Minouche et Anastasia à peu près n'importe où et n'importe quand, n'hésitez pas à me faire part de vos disponibilités, je peux m'arranger.

Votre chère Winnie

Oui Winnifred est déçue. C'est vrai que c'est pas juste, elle s'est donné beaucoup de mal pour que tout soit parfait, elle veille sur nous comme le lait sur le feu, elle flatte Anastasia, elle encourage Donovan, elle ne raterait une destination pour rien au monde et au fur et à mesure, elle est de plus en plus sur les photos.

Elle aussi elle a appris à danser : la samba la salsa les danses folkloriques russes la danse du ventre, elle maîtrise absolument toutes les danses locales des pays que nous visitons, de la même façon qu'elle a vaillamment et admirablement attendu le fils de Monsieur P. pendant des jours et des jours avec son fameux petit sourire, le numéro quatorze ou le huit, je ne sais plus, car ils se ressemblent un petit peu ces deux-là.

Elle a eu des coups de moins bien aussi, par exemple quand elle a traversé toute la place Rouge à Moscou avec la jupe coincée dans le collant, donc les fesses à l'air, à la suite d'une visite aux toilettes chez Goum, car quand on garde ses gants c'est moins facile pour se rhabiller. C'est Anastasia qui s'en est rendu compte et a meuglé jusqu'à ce que Donovan réalise et tire d'un coup sec sur le tissu facétieux. Mais il y a eu des photos.

Non, elle n'a pas mérité ça mais globalement ça lui a aussi ouvert ses horizons, outre ses nouveaux acquis dans plusieurs disciplines artistiques, elle a pu expérimenter et peaufiner vingt-sept sourires différents et ça sert drôlement dans son métier. Mine de rien, Winnifred est devenue célèbre et c'est d'autant plus injuste qu'elle ne rencontre pas le fils de Monsieur P., lui aussi tellement tendance. Donovan trouve qu'ils iraient vraiment bien ensemble, d'après lui, il suffit juste d'un steak ou deux pour créer l'histoire. Sauf que c'est difficile s'il ne vient jamais, malgré son don, Donovan n'est pas magicien.

Il aime se dire artiste surtout après notre tour du monde, artisan c'est pas assez avec tout ce qu'il sait faire, et d'ailleurs pourquoi est-ce que je ne veux pas qu'il lance ses couteaux ? C'est toujours bien d'avoir plusieurs cordes à son arc et puis on pourrait faire de très beaux visuels de son spectacle avec Antoine. De l'art, du beau, du nouveau quoi.

Donovan tu ne vas pas recommencer on a déjà eu cette conversation avec Winnifred. Si on peut se concentrer deux minutes et faire un petit bilan de notre business ce serait pas mal. Et bah ce matin il ne préfère pas, il a horreur de faire des bilans avant quatorze heures. Enfin si, il veut bien qu'on parle de pourquoi depuis trois pays il n'a plus de coach le matin pour ouvrir ses chakras. C'est vrai que là-dessus j'ai pas super assuré.

Trop de travail, j'ai donné la priorité à d'autres dossiers plus importants, comme, par exemple, les gardes du corps de Minouche, et puis Donovan je t'ai expliqué c'est compliqué, normalement acheter de la viande ça rentre dans un processus qu'on appelle les courses et qui se font souvent de façon extrêmement traditionnelle, je veux bien en convenir, le matin, à l'heure de l'ouverture de tes chakras.

Ah oui les gardes du corps je fais bien d'en parler, j'aurais quand même pu les choisir un peu plus photogéniques, OK OK ils sont efficaces mais alors ils ne ressemblent à rien, un vrai drame. Peut-on refaire un casting, il veut bien s'en occuper lui-même si jamais je n'ai pas le temps car ma chérie le diable est dans les détails, ne négligeons jamais ce que l'on donne à voir !

Mais Minouche, elle est complètement en phase avec ses deux gardes du corps ! Il faut dire aussi qu'elle s'est fait enlever à Moscou en sortant d'une boîte de nuit, on a eu tellement peur. Une bousculade, un sac sur la tête et zou plus de Minouche ! Ce qui est absolument incroyable c'est que c'est Anastasia qui a sauvé Minouche, n'écoutant que son courage elle a coursé les ravisseurs au grand galop et a réussi à les stopper en crevant adroitement les pneus du véhicule avec ses cornes.

C'est pas qu'elle adore Minouche, non, c'est plutôt qu'elle a vu la terreur dans les yeux de Donovan, jamais elle ne rate une occasion de lui prouver sa valeur. Bref, Minouche, le coup de l'enlèvement ça l'a complètement retournée et depuis deux armoires à glace vivent avec nous en permanence, je préfère.

Il ne faut pas oublier que Minouche participe pour beaucoup au déplacement des foules et que Monsieur P. est plus Minouche qu'Anastasia. Tout ça c'est logique Donovan. Il n'est pas sûr. Parce que où j'ai vu autre chose de plus logique que de lui faire plaisir ?

Chapitre 20

Pendant ce temps-là, Karine a eu son bébé comme prévu dans le salon de Donovan, assistée par une sage-femme qui a vécu au bureau elle aussi pendant le dernier mois de sa grossesse.

Rentrer de voyage et découvrir la tête de Karine qui semble plus prête à se coucher sur le côté pour toujours qu'à diriger avec moi ce majestueux navire qu'est devenue la Maison S., ça me fait un choc. J'ai beau lui raconter tout ce qu'on a fait tout ce qu'on a vu, je vois bien qu'elle n'arrive plus à rêver. Ou plutôt si, Karine rêve quand je lui parle, mais de complètement autre chose que de Donovan et de son développement international, j'en mettrais ma main au feu.

T'es pas contente qu'on soit rentrés définitivement ?

Elle ne sait pas si elle est contente, elle avoue qu'elle n'a pas pu s'empêcher de se dire que si Donovan ne m'avait pas rencontrée eh bien on en serait pas là. Les autres avant toi ils sont partis sans rien développer, mais toi, il a fallu que tu lui fasses plaisir à tout bout de champ, t'as pas résisté ! Et puis cette idée à la con de me faire accoucher chez lui sous prétexte que c'est mieux pour moi, n'importe quoi !

Karine comment tu peux dire ça je lui dis non tout le temps et puis c'était pas du tout mon idée que tu accouches ici !

Ouh là là Karine fait un gros gros baby blues. Je ne l'ai jamais vue dans une même phrase parler sèchement et supposer, induisant ainsi qu'elle ne va pas faire de son mieux tout de suite tout de suite. Elle est à la limite de prendre les choses personnellement, *Les Quatre Accords toltèques* sont bafoués d'un coup ; c'est grave chaud.

Ça suffit il faut qu'elle rentre chez elle avec son bébé qui a tout simplement besoin d'une nounou et que Donovan quitte ma chambre d'amis. Je remmène Karine son mari le bébé chez eux, et avec José on réinstalle Donovan chez lui.

On s'applique bien parce qu'on préfère quand il est content et puis on se mange un petit tartare vite fait histoire de rester en jambes. Avec un petit Chasse-Spleen. Et un petit joint je crois bien même si je m'en souviens plus.

Donovan a même la bonne surprise de trouver le mur du fond de son entrée recouvert d'un liège de fort bonne qualité qui permet de lancer des couteaux à fond la caisse. Sa joie fait plaisir à voir. À chaque fois ça me fait le coup, dès qu'il sourit ou qu'il me remercie tellement, je suis au bonheur, à deux doigts de retapisser entièrement l'appartement.

Bon on a fini le tour du monde, on a eu un succès planétaire, les coupures de presse sont tombées dans toutes les langues et on a dû déclencher quelques milliers d'addictions.

Le seul problème, c'est les ventes de viande à l'étranger. C'est momentané soyons-en persuadés, mais il faut reconnaître que les voyages nous ont sacrément plombé les marges, car si Donovan Minouche et Anastasia n'ont jamais manqué la rencontre avec leur public, le scénario commercial de Rio s'est répété à l'infini.

Rien à faire, Donovan n'a jamais eu l'air d'un commerçant mais c'est peut-être parce qu'on arrivait en jet. Je propose donc quelques ajustements temporaires mais relativement urgents, comme par exemple, supprimer le coach des chakras, ça y est ça me reprend, diminuer le grammage des papiers de soie qui enveloppent la viande, se calmer un peu sur les brosses en soie au Domaine, c'est le moment des efforts et des concessions.

Au bout de quelques semaines, je ne sais pas ce qui se passe réellement avec Donovan, je pense que le mot concession le rend dingue. Karine, qui va mieux, dit que, comme c'est un mot nouveau, on ne peut pas savoir comment il réagit vraiment.

Elle se souvient d'un jour il y a longtemps, longtemps avant que je n'arrive, où elle avait proposé à Donovan de faire des compromis. Il ne lui avait pas adressé la parole pendant une semaine, jusqu'à ce que Karine d'elle-même retire sa proposition.

Il lance beaucoup ses couteaux maintenant, entre deux clients, le matin avant de partir, le soir quand il rentre. À n'importe quel moment il arrive dans le bureau : José, dos au liège s'il vous plaît ! José nous regarde affolé, Karine et moi, mais là, on ne peut rien faire, les couteaux ça le calme bien Donovan, d'autant qu'il dit que la justesse du geste renforce les pouvoirs de la lame qui ensuite transmet son énergie à la viande.

Alors ça... On a vérifié dans *Les Quatre Accords toltèques* si par hasard on n'avait pas manqué la page qui décrirait ce phénomène. José pense que ça doit être dans la partie où il faut faire de son mieux, Karine a tendance à croire que ça vient plutôt de l'interdiction de supposer, les couteaux c'est de l'action pure, on ne risque pas de se tromper.

Mais on a beau relire, rien de rien ne nous explique ce qui se passe. Winnifred a offert à Donovan des tirages encadrés des plus beaux articles de presse. Ils sont accrochés dans l'entrée sur les murs qui mènent au panneau de liège. Donovan les regarde fièrement et *tschiiiii* le couteau file dans un éclair d'acier. Ensuite il fait un petit demi-tour et claque légèrement des talons. J'aime pas trop ça… je ne sais plus comment le prendre et, plus grave, je sens comme une petite pointe d'agacement m'envahir à intervalles de plus en plus réguliers.

On ne se lance pas de couteaux, bien sûr, mais des petits regards furibonds qu'on cache vite fait sous un sourire qu'il faut bien qualifier de contrit quand même. Quand on en parle, on se dit que tout va bien ma chérie mon chéri t'inquiète pas. La belle complicité qui nous unit est encore là puisque je sais toujours ce que Donovan pense. Je devine d'un coup d'œil les énergies qui l'habitent, ce qui fait que je sais parfaitement que c'est pas terrible en ce moment.

N'est-ce pas mon rôle de trouver des solutions aux problèmes de Donovan ? Si, complètement mon rôle, dont je m'acquitte avec bonheur depuis très longtemps. En revanche j'ai un mauvais pressentiment, un de plus sans aucun doute, mais une question me taraude nuit et jour même sous Chasse-Spleen : si le problème de Donovan c'était lui-même, comment je vais faire ? Lui d'ordinaire si volontaire pour se soumettre avec enthousiasme aux décisions que je propose se montre désormais suspicieux, il faut que je me justifie.

Si j'avais un peu plus de recul, je verrais que Donovan ne me fait plus confiance. Mais c'est tellement énorme que je ne vois rien. Et puis la confiance entre Donovan et moi c'est comme la loyauté ou la bienveillance, c'est posé là, en marbre ou en granit ou en titane j'en sais rien, mais c'est lourd, évident et inamovible.

On a traversé tellement d'épreuves avec Donovan qu'il ne m'est jamais arrivé d'imaginer travailler pour quelqu'un d'autre que lui depuis que j'ai rejoint la Maison S. J'ai plutôt la tendance contraire : je pense qu'il ne me laissera jamais exercer une autre activité, qu'il a besoin de moi du moment où il met un pied par terre jusqu'au moment où il se couche, que je suis son double son gardien son moteur sa conscience sa sœur son amie sa caution.

Je pense qu'on se doit beaucoup tous les deux. Que personne d'autre que lui ne m'aurait confié les rênes de sa Maison avec autant de bonne volonté. Que c'est pas tout le monde qui peut lire dans les pensées de son patron comme je lis dans les siennes. Que j'ai beaucoup de chance de manger sa viande aussi souvent que j'en ai envie. Qu'on rigole beaucoup de tout et qu'on s'habitue très bien à boire du Chasse-Spleen pour supporter tous les tracas.

Il faut dire aussi que je suis championne du souci, il n'y est pour rien Donovan si je m'inquiète comme une dingue. Finalement je m'inquiète encore plus depuis que je le connais, mais ce qui est fou c'est que mon inquiétude est proportionnelle à sa décontraction. Nourrie à son détachement.

Normal que ça l'énerve. Et puis maintenant qu'il a fait le tour du monde, il faut marquer l'essai, on est complètement raccord là-dessus. Le seul problème c'est la réalité. Très agaçante aussi celle-là. À quoi je sers si je n'arrive pas à transcender la réalité ? Et bah cette question-là, j'ai oublié de me la poser à l'époque et c'est vraiment dommage.

Chapitre 21

Maintenant c'est plus fort que moi, j'entretiens régulièrement Donovan de problèmes qu'auparavant je résolvais dans mon coin. On dirait presque que je suis contente de rencontrer des difficultés pour montrer à Donovan que j'ai raison de m'inquiéter. Évidemment, avec cet état d'esprit contrarié contrariant, tout est compliqué.

Je quitte peu à peu le cercle vertueux dans lequel j'ai évolué longtemps, le monde où tout est possible si on le décide, le monde de Donovan S. Je ne suis pas toute seule à dévier de la route sacrée, Karine a été quand même secouée par son accouchement sur le canapé de Donovan, José en a marre de courir du matin au soir, quant à Athénaïs on ne connaît pas son problème mais elle en a au moins un, c'est sûr, car Georges et Gilbert n'arrêtent pas de se plaindre que tout a changé. On mange beaucoup de viande pour essayer d'enrayer nos crises de doutes, d'ailleurs à ce stade du processus, personne n'a réalisé ce qui se passait.

C'est juste comme la fin d'un moment de grâce, mais Donovan, il vit dans la grâce depuis tellement longtemps qu'il en utilise chaque centilitre goulûment sans bien se rendre compte qu'il n'en reste pas bezef. Parce que quand même il en restera forcément, c'est son destin ou son karma ou alors c'est inscrit dans ses chakras, mais c'est comme ça, un point c'est tout il le sait.

En plus il est trop fidèle aux accords toltèques pour risquer vraiment quelque chose. Et puis d'ailleurs, s'il venait à manquer de grâce c'est parce que quelqu'un lui aurait pris ce qui lui revenait forcément.

Un matin j'ai l'impression que l'air dans le bureau s'est épaissi, Karine est verte, José légèrement bleu pâle et moi blanc cassé. Donovan n'est pas très content, qu'est-ce qu'on a foutu pour être de toutes les couleurs ? On le fait exprès ou bien ? Et puis bleu vert et blanc c'est pas les codes couleur de la Maison S. Si on veut vraiment avoir une sale tête, on a qu'à devenir taupe ou gris pâle. Je sursaute, toute contente, gris pâle je dois pouvoir y arriver, je ne suis pas si loin avec mon blanc cassé.

Donovan frappe du pied sur le sol, fait son nouveau petit demi-tour et rejoint la boutique d'un pas soutenu par l'agacement. On ne sait pas trop dans quel ordre prendre les choses : Chasse-Spleen viande *weed* ? Mais comme l'inverse marche aussi très bien, on hésite.

Karine est surprise, t'as toujours su dans quel ordre prendre les choses Elena, si toi tu ne sais plus comment on va faire ?

Pour enlever cette mauvaise énergie on chante les petites chansons de Donovan à tue-tête, ça marche tellement bien sur les bêtes, on devrait en retirer quelque chose. Mais peut-être parce qu'on n'a pas les massages, ça ne fonctionne pas aussi bien.

La journée s'écoule en plomb, rien à faire, on a perdu la magie. On finit par tout s'avouer avec Karine et José : nous ce qu'on veut c'est rester comme on est, s'occuper de Donovan et vendre notre viande à nos clients de d'habitude, ceux qui paient en boutique, ceux qui nous ont amenés là.

On veut s'occuper des bouchers. On veut continuer à élever de belles bêtes au Domaine, on veut qu'on parle de nous dans le monde entier mais juste pour dire où est la boutique à Paris. Le développement mondial, on s'en fout, mais alors d'une force.

Le problème avec ça, c'est que Donovan m'a embauchée pour le développer, et depuis qu'il a figuré dans les journaux du monde entier ça va pas être facile de lui faire partager notre stratégie de recentrage. Il n'y a qu'à voir comment Anastasia s'est transformée pour imaginer ce que ça lui a fait à lui toute cette notoriété.

D'ailleurs la dernière fois qu'Athénaïs a appelé le vétérinaire du Domaine pour guérir une nouvelle lubie d'Anastasia, il est parti en ronchonnant, soignez le maître vous soignerez la bête, je ne peux plus rien faire pour elle. On ne lui a pas dit à Donovan.

Un mec qui réussit à se faire offrir un jet pour transporter sa vache au bout du monde ne peut pas comprendre un truc pareil. Karine veut que je lui parle, il le faut, il n'y a que toi qui vas trouver les mots justes pour lui dire qu'on est en danger. Karine t'exagères un peu on n'est pas au top, mais enfin en danger… Si si, elle n'en démord pas, on est en danger parce que l'œil furibond les couteaux le pied qui frappe le sol, tout ça c'est bien le signe qu'on est en train de le perdre.

Et même si lui il ne le sait pas, il est en train de nous perdre aussi, regarde de quelle couleur on est devenus.

OK, je vais lui parler, ça tombe ce soir à la fermeture, ou bien demain puisqu'on part au Domaine trois jours.

Je m'interroge rarement sur ce que je vais dire à Donovan dans la mesure où je lui dis toujours les choses dans son intérêt. Mais ce soir, je cherche mon angle. Le plus simple c'est de lui dire ce qu'on s'est dit ce matin avec Karine et José.

J'attends que le rideau de fer descende sur la boutique et que Donovan remonte chez lui. On a nos habitudes, je ferme le bureau et on échange sur la journée en buvant un petit Chasse-Spleen. Enfin avant le tour du monde on faisait comme ça. Je prépare tout et avant même que je ne l'appelle, il entre brusquement dans le bureau, il claque des talons sans avoir fait son petit demi-tour et là, j'en mène pas large : Elena dos au mur !

Voyons Donovan j'ai pas que ça à faire et puis j'ai pas très envie. Tu feras tes couteaux demain quand José sera là.

Dos au mur je te dis !

Après tout, se retrouver dans le jeu c'est une méthode d'éducation qui a fait ses preuves, je ne sais pas pourquoi je n'y ai pas pensé plus tôt. Je m'aligne contre le liège et tout va très vite : j'ai pas le temps de lui parler, je positionne mes pieds comme fait Antoine, bien parallèles pas trop serrés, et quand je relève la tête je vois.

Je vois qu'il n'y a plus rien, que dans l'œil de Donovan ne scintille que le reflet des articles de presse accrochés au mur. Je cherche un millième de seconde encore et un neuvième sens – j'en ai développé un paquet, de sens, à la Maison S., je pense que c'est la viande – me projette à plat ventre sur le parquet.

Le bruit que je fais en touchant le sol est très différent du bruit du couteau qui s'enfonce dans le liège pile à l'endroit où se trouvait ma tête une demi-seconde auparavant.

Chapitre 22

Je reste un moment face contre terre. C'est un moment d'irréalité pure, j'ai la sensation que l'affection que j'ai pour Donovan s'échappe de mon corps allongé en petites bouffées de vapeur brûlantes, comme si j'avais plein de petits trous dans mon âme et dans ma peau.

Quand j'ai raconté ça à José il m'a demandé si les petites bouffées de vapeur pouvaient avoir une autre origine car mine de rien le temps passe. Je ne me suis pas formalisée, avec toute la viande que je mange, un truc pareil ne peut pas m'arriver. Mais ce qui m'arrive, c'est qu'en me relevant je suis toute dégonflée, plate comme un papier peint et Donovan n'a pas spécialement bonne mine non plus.

Il dit mon Dieu que s'est-il passé, mon Dieu Elena tu vas bien, mon Dieu je suis tellement désolé, je suis incapable d'expliquer ce qui vient de se passer, oh mon Dieu je te demande pardon.

On pourrait penser que c'est à moi qu'il demande pardon mais j'ai bien l'impression que c'est direct à Dieu qu'il le demande. Dieu qui pourtant ne vient pas souvent dans nos conversations, vu qu'on a déjà Donovan alentour.

Je dis juste à Donovan que c'est le moment de rentrer chez moi, qu'il est tard, qu'on regardera demain pourquoi ça glisse tant le parquet de l'entrée et qu'en attendant il n'oublie surtout pas de mettre ses chaussons pour éviter un nouvel incident. Mon cerveau fatigué classe le truc dans la case incident de parcours.

Mais même fatigué, mon cerveau me dit aussi : casse-toi ma fille, cours. Demain on part au Domaine, je profiterai du séjour là-bas pour lui dire que je n'en peux plus que j'ai tout essayé et que voilà, c'est fini. Je n'ai plus la foi, ni l'envie, tout ça c'est parti par les petits trous de vapeur et je suis la première surprise de le découvrir. Je me tais sous le choc de ce grand vide et la route est longue ce jour-là. On ne reparle pas de la scène des couteaux.

Les faits sont têtus mais moi aussi donc c'est un peu long mon processus de réaction. Les caisses sont vides et je n'ai pas réussi à le garder de lui-même. Il me casse grave les machins, c'est un fait aussi. Et je suis sûre que je les lui brise menu-menu. Ça a commencé exactement le jour où je lui ai demandé de faire des efforts.

C'est pas pour ça que Donovan m'a fait venir, pas pour que je lui demande de faire des efforts mais bien au contraire pour que sa vie ne soit qu'une succession d'événements heureux à la hauteur de son talent.

C'est à moi de les faire, les efforts, pour que ça se passe comme ça évidemment. Pour qui je me prends ? Mais comment va-t-il faire sans moi ? De toute façon, il ne me laissera pas partir parce qu'au fond il ne peut pas se passer de moi. Et vraiment avec tout ce qu'il a fait pour moi d'où j'ose envisager de le laisser ? Enfin, comme le faisait remarquer mon mari hier soir, ce qu'il a surtout fait c'est te faire confiance parce que personne d'autre ne le comprenait, ce boucher. Personne n'avait encore jamais vu un boucher régner sur le monde. Et toi, Elena, tu as compris, le don, la valeur du don, l'enfance à revanche, l'allure et l'envie. Tout ça c'était une histoire à trous juste pour toi.

Parce que ça m'allait bien, au fond, les faiblesses de Donovan, comment aurais-je eu l'occasion d'y adosser mes forces si le mec avait été raccord ? Jusqu'à lui je n'étais pas sûre de savoir de quoi j'étais réellement capable, on a mis Donovan sur ma route et j'ai pu enfin exercer librement mes talents : regarde tout ce que je sais faire !

Et si je veux partir, là, maintenant c'est parce que je n'ai pas réussi, pas parce que Donovan est Donovan non, mais parce que moi, Elena, je ne peux rien y changer. Le bougre m'a fait croire que si, il a demandé que oui, mais tu parles tout ça c'est *bullshit*.

Chapitre 23

Je saute de la voiture à peine arrivée et je m'active comme d'habitude, Athénaïs Georges Gilbert les bêtes les comptes, je veux partir bien, je veux partir propre.

Donovan fait son tour, Athénaïs à ses côtés, je les vois échanger avec animation, je suis quelques pas derrière. Comme d'habitude les bêtes se précipitent vers Donovan. On ressemble à qui on est d'habitude au Domaine, c'est la force de la nature qui nous remet en face de nous même hyper rapidos. Enfin pour la plupart d'entre nous.

La journée dure longtemps quand même et elle a un petit goût d'adieu qui me glace la moelle profondément. Mais je donne bien le change, à part Athé qui me regarde en coin Donovan ne se rend compte de rien, je le contrarie depuis un moment, il s'est dépêché de refermer ses chakras.

Le soir c'est Chasse-Spleen et ganja évidemment, il n'y a rien de trop pour pouvoir encore respirer. On parle de tout et de rien mais chaque tout et chaque rien me semble avoir un rapport avec Donovan et moi ou plutôt avec moi qui veux quitter Donovan.

Et puis d'abord, depuis quand on parle de tout et de rien ? Jamais on ne fait ça !

Normalement on parle développement viande sacrée accords toltèques, Donovan S. n'a pas parlé de tout et de rien depuis 1994, c'est-à-dire depuis qu'il a ouvert sa première boutique. Y a un truc qui ne colle pas, je vais me coucher. Donovan m'a servi beaucoup de vin ce soir.

Il doit être à peu près trois heures du matin. J'entends plein de bruits sous ma fenêtre, des pas précipités, les branches claquent. On dirait qu'elles pétillent. On dirait du pop-corn. Mais qu'est-ce qu'ils foutent encore ? Je m'enfouis sous la couette, je ne veux pas du tout être réveillée maintenant, c'est la nuit là, je suis claquée. Je finis pourtant par me lever brutalement un peu plus tard car j'ai distinctement entendu mon nom, un genre de cri étouffé, c'est Athénaïs qui tente de m'appeler au loin.

La chambre d'Athé est à côté de la mienne et lorsque je pousse la porte, je vois que ses bagages sont faits, le lit, pas défait.

De sa chambre, on aperçoit l'intégralité du corps de ferme, il y a une baie vitrée circulaire un peu comme la cabine du commandant d'un navire qui donne une vue à trois cent soixante degrés. C'est beau la nuit ici. C'est calme et plein d'étoiles.

Là, c'est marrant, il y a aussi des petites étoiles qui dansent autour des bâtiments dis donc ! Mais qu'est-ce que c'est que ce bordel... ?

En regardant vraiment bien, les petites étoiles qui dansent, c'est des torches au bout des bras de Georges Gilbert Athénaïs Donovan. En regardant encore mieux, je vois Donovan et Athénaïs lutter l'un contre l'autre, ce qui n'a pas de bon sens. Je ne comprends pas la scène qui se déroule sous mes yeux, mais j'ai moyen le temps de m'appesantir sur le pourquoi du comment parce que le comment et bah c'est qu'ils courent pour mieux foutre le feu, ils sont en train d'incendier le Domaine.

Je cours aussi d'un coup, je dévale les escaliers, je traverse le salon qui ne ressemble plus à ce que j'ai laissé en montant me coucher : il y a des papiers partout, on dirait que Donovan et Athénaïs se sont battus à coups de ramettes quatre-vingts grammes.

Je prends quand même le temps de jeter un œil : c'est les cent quarante pages du contrat d'assurance du Domaine et de la Maison S. Ça tilte enfin : ils mettent le feu au Domaine pour toucher l'argent de l'assurance et remettre Donovan à flot.

Sur la base d'une prime au montant plus que conséquent, ce contrat d'assurance est une véritable œuvre d'art dont nous sommes très fiers car il nous a fallu beaucoup de temps pour expliquer convenablement le fonctionnement du sublimateur et le statut des bêtes aux courtiers que nous avons rencontrés. Et c'est d'ailleurs un courtier mélomane qui a remporté le contrat en question, après avoir entonné le troisième morceau de *Carmen* avec Donovan et ses poules, il n'y eut plus de doute sur le choix de l'homme.

Je revois les coups d'œil entre Donovan et Athénaïs, la constance avec laquelle Donovan me servait à boire hier soir. Je ne pouvais pas imaginer deviner prévoir un truc pareil.

C'est tout ce qu'il a trouvé... brûler ce qu'il a de plus précieux... J'entends Athénaïs hurler le prénom des bêtes, elle s'accroche au manteau de Donovan et quand elle y pense, elle m'appelle aussi. Je réfléchirai plus tard. Je veux sortir mais la porte principale est fermée à clé.

Tout à fait réveillée je secoue la poignée de toutes mes forces. Je suis enfermée dans le corps de ferme. Vite les pompiers. Le téléphone du salon ne fonctionne pas et ici les portables n'ont pas de réseau.

Toutes les fenêtres du rez-de-chaussée sont fermées et je n'arrive pas à ouvrir les volets qui semblent barricadés de l'extérieur. Je remonte dans la chambre d'Athé, j'ouvre une fenêtre et soudain dotée de capacités physiques jusque-là insoupçonnées, j'effectue un saut dans l'herbe, je ne sens pas les entorses que je me fais en atterrissant et je cours aussi vite que je peux dans la direction des flammes.

Au même moment, ouf, je vois les bêtes sortir au galop du brasier, Georges ou Gilbert a réussi à les libérer.

Les vaches galopent en beuglant leur colère, elles font des étincelles avec leurs sabots et je ne sais pas pourquoi, car est-ce bien le moment, elles me font penser à cette histoire bouddhiste où des démons conduisent des pêcheurs avides en enfer sur un chariot de feu lancé à grande vitesse.

Donovan se redresse, superbe, sa haute silhouette se détache des flammes, qu'est-ce que tu fous là, tu dors pas ? Je ne prends même pas la peine de répondre, on n'a pas besoin de se parler maintenant.

Je suis là et c'est tout, et oui, t'as fermé la porte à clé pour que je ne puisse pas sortir, et oui tu m'as fait boire pour ne pas que je me réveille, et pourtant je suis debout, dehors, et je sais. Voilà ce que lui disent mes yeux qui doivent être très expressifs à ce moment-là si je me fie à la colère et à la peine que je ressens.

Les flammes lèchent maintenant le bâtiment principal, il ne restera rien. Athénaïs pleure, immobile, je lui passe un bras sur les épaules et on s'écroule doucement dans l'herbe qui devrait être humide froide et réconfortante comme on en a l'habitude, mais qui au lieu de ça est sèche chaude et irritante comme la colère de Donovan.

Les pompiers finissent par arriver avec le maire du village, on voit les flammes à des kilomètres à la ronde.

Donovan pleure aussi mais en jetant des coups d'œil à droite et à gauche. Georges et Gilbert appellent et comptent les bêtes sans relâche. Quand personne ne fait attention à nous, Donovan nous entraîne à l'écart, debout les filles ! D'une main d'acier, il nous attrape le coude et nous tracte avec Athé sur quelques mètres. Il appelle brutalement les garçons Georges Gilbert on se magne, venez.

Je constate que personne n'ose regarder Donovan dans les yeux. Tout le monde se les frotte parce qu'il y a de la fumée mais aussi un petit voile malaisant qui recouvre notre nouveau monde sauf qu'en fait même si on ne s'en rend pas compte tout de suite c'est l'ancien qui s'en va et on n'a plus les protections pour regarder Donovan correctement.

Chapitre 24

On ne va pas se mentir, c'est un terrible accident. Cent fois je vous ai dit de ne pas jeter vos mégots dans le foin. Donc si on vous demande ce qui s'est passé, vous n'avez plus qu'à dire la vérité !

Avec son index pointé fermement Donovan martèle alternativement le thorax de Gilbert et de Georges pour bien faire rentrer les mots.

Mais Donovan, la vérité, c'est que t'as foutu le feu à ton propre Domaine. Sauf que par un miracle toltèque provenant sans aucun doute simultanément d'un grand refus de supposer, aussi bien que de la volonté de conserver une parole impeccable, Donovan vient de réorganiser tout ça comme il se doit : c'est un mégot c'est les garçons c'est pas de bol c'est de votre faute…

Pauvre Donovan, avec son talent, un tel gâchis, quelle horreur, la vie s'acharne parfois.

À la dernière phrase on s'est tous retournés d'un bloc pour voir s'il n'y avait pas un autre Donovan, mais non, c'est juste le nôtre qui maintenant parle de lui à la troisième personne. Le choc, sans aucun doute.

Derrière Donovan l'incendie fait rage et les bêtes enfin rassemblées se serrent les unes contre les autres en silence pour mieux regarder la fin de leur monde. Pas de petit galop pour rejoindre Donovan, pas de câlin, juste des dizaines de bêtes étonnamment silencieuses qui semblent lutter elles aussi pour ne pas supposer que tout ça c'est à Donovan qu'on le doit.

Et d'ailleurs, l'espace d'un éclair, je me dis que oui bien sûr les bêtes ont intégré les accords toltèques depuis le temps que la Maison S. baigne dedans.

Elles font complètement de leur mieux sans rien prendre personnellement en s'efforçant de ne rien supposer du matin au soir, le tout en s'appliquant bien dans leur cri respectif ! Il ne viendrait à aucune d'entre elles l'idée de foirer son cri ! Chacune s'efforce de produire le plus beau mugissement caquètement bêlement possible. C'est pour ça que Donovan les aime autant. On dirait qu'elles savent qu'elles ont eu chaud. J'ai l'impression qu'elles réfléchissent à leur futur elles aussi.

J'aimerais pas les croiser sans les connaître elles ont vraiment pas l'air content.

Anastasia s'est mise sur le devant et ne quitte pas Donovan des yeux. Est-ce à cause du convaincant index de Donovan, on ne sait pas, mais quand on nous interroge pour préciser les circonstances du drame, ça donne à peu près l'histoire remaniée par le Maître.

Oui, Georges et Gilbert jettent leurs mégots n'importe où et ils ne peuvent pas certifier qu'ils ont bien vérifié ce soir qu'ils étaient bien éteints.

Moi je dormais donc on me laisse plus tranquille.

Faut dire qu'à cet effet je répète en boucle : je ne sais pas, je dormais, et comme Donovan et Athénaïs hochent la tête à chaque fois que je dis ça et bien ça passe crème au début. D'ailleurs en vérité, je ne sais pas encore exactement ce qui s'est passé même si les grandes lignes du raisonnement ne m'ont pas échappé. Je sens que c'est plutôt Athénaïs qui va me raconter quand elle aura l'occasion, elle me lance des coups d'œil affolés.

La force de l'habitude et les regards impérieux de Donovan m'ont rangée dans le rang pour le moment. Je ne dis pas aux gendarmes que les volets étaient barricadés et que j'ai dû sauter du premier étage en pleine nuit. Le corps de ferme principal a fini par entièrement brûler.

La notoriété de Donovan plane sur l'interrogatoire et chacun lui parle avec douceur et componction. Monsieur Donovan est un grand acteur économique et social de la région, n'ayons pas peur de le dire. Le maire du village lui est totalement dévoué, surtout depuis qu'il a vu passer Minouche en short, et puis grâce à Donovan et à son sublimateur il s'est payé une petite renommée internationale qu'il aimerait bien conserver si ça ne dérange personne. Il demande gentiment au brigadier qui nous interroge de nous laisser tranquilles car Monsieur Donovan est tout retourné, c'est évident, il convient de le laisser se reposer.

On termine la nuit chez lui d'ailleurs, Monsieur le Maire a un gîte cinq étoiles à quelques kilomètres du Domaine qu'il est ravi d'ouvrir pour nous à cette heure-ci, si si voyons, je vous en prie.

On laisse les garçons emmener les bêtes dans un enclos loin du feu et Donovan leur lance un regard terrible, l'index désormais ancré profond dans leur plexus quand il leur parle : à tout à l'heure les garçons, je compte sur vous pour bien faire votre travail.

Les pompiers terminent de noyer les bâtiments, on se retrouve à l'arrière de la confortable BMW du maire et je me dis c'est quand même incroyable, on est toujours dans ce qu'il y a de mieux quelles que soient les circonstances.

Donovan, il faut bien le reconnaître, est fait pour péter dans de la soie. Au lieu de se faire malmener à l'arrière d'un panier à salade comme il devrait et bah regarde-moi le cortège qui le mène à un lit douillet sûrement muni d'un sur-matelas, à voir la tête gourmande du maire quand il ouvre la porte de sa chambre.

Je ne peux pas m'empêcher de lui chuchoter : ressaisissez-vous, voyons, quand il nous précède avec Athé pour nous conduire à la deuxième chambre. J'ai dû trop chuchoter, c'était pas clair, parce que là il me dit : j'en ai plus, je suis navré, je vous ferai livrer ça demain matin sans faute.

Décidément les petites habitudes de Donovan sont presque aussi célèbres que lui

Chapitre 25

Athénaïs attend à peine que la porte se referme. Ça a commencé dès que vous êtes arrivés, il m'a dit : Athé ne me laisse pas tomber, il faut qu'on trouve une solution, tu sais comme au début Athé, rien que toi et moi et la viande, il faut que je me refasse, ça ne peut pas s'arrêter là, j'y étais presque.

Quand t'es montée te coucher Elena, il est parti en boucle sur l'injustice de la vie, lui qui était fait pour être un prince et qui finalement se fait engueuler du matin au soir sous prétexte qu'il faut faire attention.

Et puis l'idée de génie est tombée d'un coup : détruire pour mieux repartir, oublier le passé enterrer les erreurs purifier par le feu brûler pour renaître. Mais bien sûr, c'était évident, c'était même presque conseillé par son karma suprême, on voyait bien que le ciel ou la providence lui donnait encore le moyen de ne pas déroger à son destin.

N'était-ce pas écrit d'ailleurs dans les *Accords toltèques* qu'on avait le droit à deux ou trois trucs limites, si le but c'était soi-même mais tant qu'on le disait de manière impeccable et en faisant de son mieux ? Il jurerait que c'est autorisé quelque part.

Parce que merde, la viande inouïe, c'est lui ou bien ?

À lui de jouer maintenant, il avait confié pendant trop d'années la gestion de ses affaires à son équipe et pour quel résultat je te le demande ?!

Athé allait lui détailler tout le résultat qu'on avait eu mais aussi celui qu'on aurait pu avoir si seulement il nous avait écoutés. Elle n'en a pas eu le temps, en un bond, il était debout et organisait la mise à feu comme on prépare un anniversaire-surprise, avec l'entrain que procure la certitude de faire la différence.

L'idée de génie c'était que l'assurance du Domaine rembourserait toutes les installations et comme maintenant il maîtrisait parfaitement l'art de sublimer, il n'y aurait pas besoin de refaire les choses en grand, il s'en sortirait pour presque rien, même.

D'autant qu'il est extrêmement proche de tous les artisans qui ont travaillé à la construction du Domaine avec lui il y a des années. Si à l'époque Donovan n'était pas encore Donovan, aujourd'hui il suffit de leur proposer d'utiliser une photo du

Maître avec, pourquoi pas au hasard, Minouche à côté pour leur propre communication et ils lui mangent dans la main.

Ça arrange tout le monde ce petit business. Voire même, ça va donner un second souffle au marché de l'aménagement des lieux d'élevage. Il voyait déjà les gros titres : *Ultime rénovation au Domaine S.*, ou bien *La rénovation de l'ultime par Donovan S.* ou encore *Donovan S. ultimement rénové*, enfin un truc du genre mais on avait deux minutes pour ça.

Et puis on ferait venir France 3 pour filmer tout ça. Ah, aussi, trouver quelqu'un qui filme France 3 pendant qu'ils le filment, un making-of du tournage ! Absolument, un making-of du film sur Donovan dirigeant la reconstruction du Domaine ! Ah là là, ça allait être vraiment super ! Comment avait-il pu s'inquiéter bêtement en t'écoutant Elena, il n'en revenait pas d'avoir failli manquer de confiance en lui sur un coup pareil ! Comme quoi, c'était sûrement toi qui avais obscurci tout son horizon avec tes angoisses ridicules.

D'ailleurs ça allait trop t'inquiéter pour qu'on t'en parle de cette idée de génie. Mieux valait qu'on te laisse te reposer, on viendrait te rechercher pour t'annoncer l'irréparable et puis tu prendrais le train en marche parce que c'est ton travail voilà c'est tout.

Il n'a pas barricadé les volets, non, mais enfin il les a bien fermés avec la sécurité et la porte aussi il voulait te protéger. Si je t'ai appelée c'est parce que je m'inquiétais et qu'on s'est un peu disputés pour les bêtes, quand il m'a dit qu'il était bien désolé mais que ce serait quand même plus réaliste si une ou deux bêtes n'en réchappaient pas, et puis après tout si Anastasia devenue célèbre dans le monde entier venait à disparaître dans la fournaise, est-ce que ça ne rendait pas l'histoire absolument affreuse et touchante, deux ingrédients indispensables à tout nouveau départ ?

Georges et Gilbert étaient de mon côté, non, pas les bêtes, même si Anastasia est devenue une vraie casse-couilles depuis qu'elle a voyagé, on n'avait vraiment pas le cœur à lui faire subir une fin pareille.

C'est là qu'on s'est un peu battus et que tu t'es réveillée.

Chapitre 26

Réveillée, je le suis tellement que bien sûr on ne se couche pas. On parle de ce qu'on va faire sans lui pour voir si on y arrive et c'est là que la distorsion se révèle dans toute sa splendeur : on dit nous et pas je, on parle d'abord de ce qu'il va devenir, lui, parce que si lui ne devient rien on ne peut même pas supposer que nous devenions quelque chose.

En même temps, tout ça c'est normal, parce qu'on n'a pas le droit de supposer mais avec la fatigue on a encore oublié. On ne peut que constater l'étendue du désastre mais chacune de nos cellules continue à travailler pour Donovan S., elles sont commandées par quelque chose qui nous dépasse et qui pourrait bien s'appeler la loyauté. C'est un concept très délicat et assez volatil dans les sphères où nous évoluons, dont on ne parle pas beaucoup finalement.

Ce qui est sûr c'est qu'on en parle pas dans *Les Quatre Accords toltèques*, on a bien regardé. C'est parfois ridicule la loyauté, un peu désuet, rarement rentable catégorie bons sentiments. Ça évoque les larmes l'effort le renoncement le pardon, tout un tas de trucs pas super-fun, pas brillants, pas sexy. Trop de labeur dans la loyauté, ça se met mal en image, ça n'intéresse personne.

Mais nos cellules, elles, va savoir pourquoi, elles sont pas encore au courant que c'est *has been*, elles sont à fond dedans et même si au petit matin on a chacune un plan, rien n'est plus jamais confortable pour nos âmes.

C'est comme si on avait perdu notre nord, comme si notre boussole tournait sur elle-même. Il est temps de rentrer chez soi rapidos.

Ce qu'on a décidé avant de partir, c'est d'organiser sa vie sans nous avec Karine et José pour ne pas qu'il soit malheureux.

On n'a pas vraiment raconté à Karine et José ce qui s'est passé mais rien ne les ferait rester tout seuls auprès de Donovan. J'ai bien vu dans les yeux de Karine qu'elle savait, en tous les cas qu'elle en savait suffisamment pour ne surtout pas me poser de questions.

Et de la même manière que Karine sait ce qui s'est passé sans le demander grâce à sa connaissance intime et prolongée du sujet, nous travaillons d'arrache-pied à sauver Donovan sans jamais se le dire, car déjà le dire, c'est hyper-grave, tout devient vrai d'un coup.

Donovan malheureux, on ne pourrait pas supporter.

Encore un coup de Mamie Zaza, ça, elle qui me répétait sans cesse qu'on ne mord pas la main qui nous a nourri.

C'est donc la tête haute qu'on ment parfaitement au sujet de l'incendie, oui on se démerde trop bien même, on fait un malheur auprès des experts en assurance, portés par la conviction de faire ce qu'il faut pour le bien-être de l'humanité, ni plus ni moins.

N'a-t-il pas été question récemment d'envoyer un bout de la viande de Donovan dans l'espace pour séduire les intelligences extraterrestres ? La Nasa n'a pas trouvé le moyen d'assurer une conservation parfaite parce que si on la cryogénise et que les petits gris la croquent en l'état, ça pourrait les rendre malades. On n'allait pas non plus mettre un livre de recettes donc on a lâché l'affaire mais quand même on était à deux doigts d'orbiter un steak de Donovan S.

Bientôt Donovan se retrouvera à la tête d'un beau petit capital qui effectivement lui permettra d'envisager un nouveau départ avec toute la compassion de ses partenaires et de sa clientèle qui voit mal comment elle pourrait vivre sans sa viande. Elle ne veut pas du tout voir ou savoir ce qui s'est passé, la clientèle. Non : elle veut la viande, elle veut Donovan.

Chapitre 27

On n'a jamais vraiment dit à Donovan qu'on allait partir, c'était tacite entre nous. Ça n'a pas été bien long non plus, en quinze jours on avait tout réglé. Il nous a regardés arranger ses petites affaires avec attention, Athé Karine José et moi, mais là où avant il y avait de la reconnaissance, il n'y a dorénavant que suspicion et colère, des sentiments pas jolis jolis qu'il n'avouera jamais même si on les partage grave nous aussi. Il n'a pas le choix, il est obligé de se soumettre à nos reproches silencieux pour pouvoir continuer, mais faut qu'on se dépêche de clore tout ce bazar car tout ça pourrait très mal finir.

Entre les couteaux et l'incendie je suis moyennement tranquille. Dans notre logique de partir propre on a recruté une nouvelle, Fidelia, dévouée par nature, avec un prénom pareil. Comme on a compris comment ça se passe, on la prend pleine d'envie d'en découdre, c'est plus facile pour appuyer dessus après.

À elle maintenant de gérer le Domaine plus petit les bouchers les clients les P. les chakras de Donovan Minouche et tout ce qui s'ensuit. On n'est pas sûrs que Fidelia puisse faire ce qu'on faisait à quatre personnes mais c'est tout ce que Donovan peut se permettre.

Pendant ce temps-là ça murmurait un peu dans les dîners, il faut bien comprendre que les sujets de conversation intéressants sont extrêmement rares alors quand ça croustille un peu c'est folie.

On n'évite jamais un fond de vérité dans les ragots mondains. Jamais. Personne n'a jamais dit que Donovan avait brûlé son affaire, ça, non. Mais en revanche on a parlé bagarre, lutte et cris. Légères difficultés. Que des mots affreux qui font pleurer Donovan. Un pompier sans doute aura laissé échapper ses impressions auprès de sa femme qui elle en aura parlé à sa meilleure amie qui elle-même se trouve être la cousine d'une journaliste et voilà le travail. Ça va à toute vitesse ces trucs-là et si tu ne les étouffes pas dans l'œuf, l'affaire est vite pliée.

Un beau matin Donovan me demande de le suivre une dernière fois et, me tenant longuement les mains, il me raconte toute l'histoire qu'il a envie d'entendre, celle qu'il a rêvée et construite, celle qui le suit ou le précède dans sa destinée de prince, je ne sais plus, mais enfin l'histoire officielle de Donovan S. Elle est tellement officielle cette histoire, qu'en outre Donovan raconte à la troisième personne, que je ne comprends pas tout de suite que c'est la sienne.

C'est quand il dit : alors que toi ma chérie tu as toujours ton mari pour prendre soin de toi, que je sors de ma torpeur. Il dit aussi : tu sais Elena tu n'avais pas spécialement de projets quand je t'ai rencontrée, tu élevais tranquillement tes enfants chez toi alors voilà on va dire que tu y retournes pour t'occuper d'eux à nouveau, ils t'ont trop manqué c'est bien comme ça, non ?

Sur le coup tout convient tant que je peux partir vite. J'objecte quand même qu'entre-temps mes enfants ont bien grandi et que bon c'est pas très logique mais pourquoi pas.

Le deal implicite depuis l'incendie du Domaine c'est qu'il doit s'en sortir nickel et que c'est à moi de gérer la transition. Que je lui dois bien ça puisqu'il est venu me chercher et que donc avant lui ben en gros je n'étais rien, enfin pas ce que j'étais devenue grâce à lui soyons clairs. Mais ça il ne le dit pas vu que sa parole doit toujours être impeccable. Totalement bilingue en pensées de Donovan je l'entends quand même et il n'est même pas étonné quand je réponds d'accord.

Il range direct son index appuyeur qu'il avait sorti au cas où, celui qui marche tellement bien avec les bouchers.

À bientôt merci ma chérie surtout embrasse bien ton mari et tes enfants pour moi.

Chapitre 28

Les mois qui suivent notre départ ne ressemblent à rien. On ne fait que dormir avec Karine et José, épuisés jusqu'au tréfonds de nous-mêmes, en convalescence d'une longue maladie qu'on a tous attrapée en quittant la Maison S. et qu'on pourrait appeler la Donovanite ; le soulagement mêlé à la sidération de ne pas être indispensable. C'est hyper-fatigant mais en même temps ça réveille la nuit. À part le temps il n'y a pas de traitement connu.

Karine a fini par changer complètement de vie même si ça a été un peu long. Avec son mari ils ont déménagé en province et ils gèrent un petit parc d'attractions à thème qui s'appelle *Vive la ferme*. Elle m'a confié que finalement c'était pas si différent, juste plus facile.

José aussi ça lui a pris du temps mais il a fini par devenir *personal shopper* pour VIP exigeants. Il court tellement bien partout qu'il fait un malheur, ce n'est pas rare de le voir passer à fond de cale avenue Montaigne suivi par une dizaine de Japonaises ultra-concentrées.

Il n'y a qu'Athénaïs qui a réussi une formidable rapide reconversion : elle a accepté la direction artistique d'un club libertin qui l'avait repérée direct quand Anastasia a dansé la samba à Rio. On était encore couchés avec Karine et José qu'elle montait déjà des spectacles de danse coquins avec ou sans animaux, une véritable consécration.

Elle m'a proposé de la suivre dans l'aventure vu qu'ils ont aussi besoin d'un manager et que je suis hyper-spécialisée personnel artistique sensible à manipuler avec précaution, mais même si je suis toujours reconnaissante quand on en appelle à mon expertise, j'ai décliné, c'est trop tôt.

Winnifred, elle, bien que n'appartenant pas à proprement parler à la Maison S., est extrêmement concernée par ce qui arrive à Donovan étant donné qu'elle n'a toujours pas rencontré le fils des P. et merde à la fin comment elle va faire, tout ça pour rien. À ce propos Donovan a reçu un appel de Monsieur P. la semaine dernière ; si Donovan pouvait dire à la jeune femme blonde qui sourit de toutes les façons d'arrêter d'envoyer des drôles de messages à son fils, il lui serait très reconnaissant. Le pauvre n'ose plus sortir tout seul, rendez-vous compte mon cher de la pression quotidienne, il se raidit à chaque fois qu'il consulte ses mails, c'est effrayant cette ferveur.

Winnifred ne connaît pas le doute et envisage d'écrire une série de livres de recettes autour de la viande de Donovan : elle a fait le tour du monde avec nous, elle s'en sent capable, elle rêve déjà de séances de dédicaces où tous les clients prestigieux de Donovan se rendront comme un seul homme, attirés comme il se doit les uns par les autres. Pour commencer, une trilogie bien sentie : *Réussir sa vie grâce à la viande*, *La Confiance et la Viande*, *Le Rôle de la viande dans une sexualité réussie.*

Winnifred n'a jamais cuisiné de sa vie mais c'est pas grave, qui le saura ? Ce qui compte c'est la photo de couverture à côté de Donovan, un petit macaron avec Anastasia dans un coin et deux trois vrais cuisiniers qui accepteront de livrer leurs recettes en échange de… voyons voir… d'un dîner avec Minouche, d'un séjour dans les hôtels Ramstar, d'un tour dans le jet de Donovan ? On verra bien, c'est pas les opportunités qui vont manquer – c'est vrai ça, qu'est-ce qu'il va faire du jet Monsieur P. ? Autant qu'on s'en resserve, ça se vend comme un cercueil à trois places un jet pour transporter une vache, alors qu'une grande balade autour du monde avec Donovan, Anastasia et la trilogie de recettes ça vous pose là dans la vie.

En parallèle des reconversions des uns et des autres, il s'est passé un truc incroyable, je suis devenue toute transparente. Sans doute une conséquence de l'arrêt de la viande de Donovan. C'est quasiment arrivé d'un coup.

J'ai eu un doute quand j'ai croisé Minouche dans un bar juste après mon départ. Elle a mis un temps fou à me voir, j'ai dû m'agiter sur mon siège, elle devait avoir du mal à distinguer dans la pénombre car elle a souri vaguement. Minouche s'il te plaît ! Que j'ai ramenée à peu près dans tous les états possibles pendant notre tour du monde, avec qui on a descendu des caisses de Chasse-Spleen... Minouche n'a plus l'air de savoir du tout qui je suis, comme ça, subitement.

Quelque temps après, c'est Madame P. qui a du mal à m'apercevoir ; en plein shopping elle tourne sur elle-même dès que je suis dans son champ de vision. Les exemples s'accumulent jusqu'à l'évidence : je suis devenue invisible !

Après avoir fait pas mal de tests avec mon mari qui, lui, heureusement, me voit toujours très bien quand il me regarde, on a finalement conclu que je n'étais transparente que dans l'entourage de Donovan et ça nous a un peu rassurés. Le pouvoir de la viande ou bien celui des toltèques, le pouvoir de Donovan ou celui de ses chakras, impossible de savoir ce qui m'a fait disparaître exactement, un mix de tout sans doute mais le résultat est là, si je puis dire, puisque je n'y suis plus.

Tout ça c'est complètement normal : Donovan fait partie de ces êtres qui doivent absolument en choisir un autre pour devenir réellement humain. S'il y a des petites défaillances du côté de l'être complémentaire, Donovan ne fonctionne pas à son maximum et commence à faire pas mal de conneries.

Donc il a besoin d'en changer. CQFD, ou bien encore limite c'est de ma faute si j'ai failli me prendre un couteau en pleine tête ou bien brûler vive dans la ferme : si je n'avais pas démérité en critiquant la volonté du Maître jamais je ne me serais exposée à de tels revers du destin, *seen* ? C'est ainsi depuis que le monde est monde, il se trouve toujours des êtres complémentaires prêts à servir des êtres d'exception, ce qui fait que les deux parties auront toujours de quoi faire.

Il faut savoir se ranger derrière l'intérêt collectif dans la vie et c'est à Mamie Zaza que j'ai pensé sans cesse quand c'était pas toujours facile : est-ce qu'elle serait fière de moi Mamie ?

Ben un peu mon neveu qu'elle serait fière : sa petite Elena qui a fait le tour du monde et qui servait de cerveau à un monsieur dans les journaux, jamais elle ne se serait imaginé.

Elle aussi elle aurait encadré les articles sur Donovan. Mais juste après avoir mis le cadre au mur elle aurait fait demi-tour et je l'aurais entendue dire en soupirant, tout ça pour de la viande on croirait qu'il ne fait pas pipi et caca comme tout le monde celui-là, bon c'est pas tout ça mais faut que j'aille faire mes courses les petits vont rentrer de l'école.

Merci Mamie Zaza, j'ai fait comme t'as dit et j'ai repris ma vie qui patientait tranquille dans un coin en attendant que je me calme. Je n'ai jamais revu Donovan. Bien qu'un peu secoué, il a évidemment réussi à garder son mojo et j'en suis ravie, on n'a pas tant bossé pour rien. La viande m'a manqué mais finalement pas tant que ça. Moins que les bêtes et les bouchers. La première fois qu'après tant de temps j'ai voulu en acheter chez un autre boucher que Donovan S., je me suis fait renverser par une voiture en y allant. Un petit traumatisme crânien, rien de bien grave. Ah, tu vois, quelle malchance, aurait dit Donovan, on n'échappe pas à son destin ! Tu as ébloui le conducteur, aurait dit Mamie Zaza, relève-toi vite ma chérie et fais bien attention la prochaine fois !

Remerciements

Merci à Colombe Schneck qui n'a jamais cessé de m'encourager même quand je l'appelais tous les jours, et ceux qui me connaissent savent exactement ce que ça représente comme dose de patience et de bienveillance, merci à Antoine Caro et Claire Do Sêrro qui m'ont encouragée et guidée sans jamais douter.

Merci à Alex, Carole, Florence, Franck, Marlene, Nadja, Silvia, Sophie, à qui rien n'a été épargné non plus : lecture, relecture, non mais t'es sûr, ah oui tu crois, etc.

Merci aussi à ceux qui m'ont soutenue dès le départ et quand les autres n'en pouvaient plus : Audrey, Bao, Delphine, Franco, Galia, Hélène, Nat et Pascal, Patrick, Philippe, Roland, Séverine, Sophie, Val, Véro, Vincent, Virginie.

La photocomposition de cet ouvrage
a été réalisée par
GRAPHIC HAINAUT
30, rue Pierre Mathieu
59410 Anzin

Ce livre est composé en caractère Caslon, corps 12,5.

MIXTE
Papier issu de sources responsables
FSC® C003309

FSC
www.fsc.org

L'Éditeur de cet ouvrage s'engage
pour la préservation de l'environnement
et utilise du papier issu de forêts gérées de manière responsable.

Cet ouvrage a été achevé d'imprimer en janvier 2019
dans les ateliers de Normandie Roto Impression s.a.s.
61250 Lonrai (Orne)
N° d'édition : 58024/01 - N° d'impression :1805583

Imprimé en France